Reclam XL | Text und Kontext

Georg Büchner
Der Hessische Landbote

Herausgegeben von Uwe Jansen

Reclam

Der Text dieser Ausgabe ist zeilengleich mit der Ausgabe der Universal-Bibliothek Nr. 7955. Er wurde auf der Grundlage der gültigen amtlichen Rechtschreibregeln orthographisch behutsam modernisiert.
Die zweite Angabe der Doppelpaginierung bezieht sich auf die Paginierung der Universal-Bibliothek.

Reclam XL | Text und Kontext | Nr. 19242

Gestaltung: Cornelia Feyll, Friedrich Forssman
Satz: pagina GmbH, Tübingen
Druck und Bindung: Reclam, Ditzingen. Printed in Germany 2016
RECLAM ist eine eingetragene Marke
der Philipp Reclam jun. GmbH & Co. KG, Stuttgart
ISBN 978-3-15-019242-9

Auch als E-Book erhältlich

www.reclam.de

Die Texte von Reclam XL sind seiten- und zeilengleich mit den Texten der Universal-Bibliothek.
Die Reihe bietet neben dem Text Worterläuterungen in Form von Fußnoten und Sacherläuterungen in Form von Anmerkungen im Anhang, auf die am Rand mit Pfeilen (↗) verwiesen wird.

Der Hessische Landbote ↗

Erste Botschaft ↗

Darmstadt, im Juli 1834. ↗

Vorbericht

Dieses Blatt soll dem hessischen Lande die Wahrheit melden, aber wer die Wahrheit sagt, wird gehenkt, ja sogar der, welcher die Wahrheit liest, wird durch meineidige Richter vielleicht gestraft. Darum haben die, welchen dies Blatt zukommt, Folgendes zu beobachten:

1. Sie müssen das Blatt sorgfältig außerhalb ihres Hauses vor der Polizei verwahren;
2. sie dürfen es nur an treue Freunde mitteilen;
3. denen, welchen sie nicht trauen, wie sich selbst, dürfen sie es nur heimlich hinlegen;
4. würde das Blatt dennoch bei einem gefunden, der es gelesen hat, so muss er gestehen, dass er es eben dem Kreisrat habe bringen wollen;
5. wer das Blatt nicht gelesen hat, wenn man es bei ihm findet, der ist natürlich ohne Schuld.

Friede den Hütten! Krieg den Palästen! ↗

Im Jahr 1834 siehet es aus, als würde die Bibel Lügen gestraft. Es sieht aus, als hätte Gott die Bauern und ↗ Handwerker am 5. Tage, und die Fürsten und Vorneh- ↗ men am 6. gemacht, und als hätte der Herr zu diesen gesagt: »Herrschet über alles Getier, das auf Erden kriecht«, und hätte die Bauern und Bürger zum Ge-

---

7f. **meineidige:** falsche Eide schwörende

6 | 36 würm gezählt. Das Leben der Vornehmen ist ein langer Sonntag, sie wohnen in schönen Häusern, sie tragen zierliche Kleider, sie haben feiste Gesichter und reden eine eigne Sprache; das Volk aber liegt vor ihnen wie Dünger auf dem Acker. Der Bauer geht hinter dem Pflug, der Vornehme aber geht hinter ihm und dem Pflug und treibt ihn mit den Ochsen am Pflug, er nimmt das Korn und lässt ihm die Stoppeln. Das Leben des Bauern ist ein langer Werktag; Fremde verzehren seine Äcker vor seinen Augen, sein Leib ist eine Schwiele, sein Schweiß ist das Salz auf dem Tische des Vornehmen.

Im Großherzogtum Hessen sind 718 373 Einwohner, die geben an den Staat jährlich an 6 363 364 Gulden, als

1. Direkte Steuern	2 128 131	fl.
2. Indirekte Steuern	2 478 264	"
3. Domänen	1 547 394	"
4. Regalien	46 938	"
5. Geldstrafen	98 511	"
6. Verschiedene Quellen	64 198	"
	6 363 363	fl.

Dies Geld ist der Blutzehnte, der von dem Leib des Volkes genommen wird. An 700 000 Menschen schwitzen, stöhnen und hungern dafür. Im Namen des Staates wird es erpresst, die Presser berufen sich auf die Regierung und die Regierung sagt, das sei nötig die Ordnung im Staat zu erhalten. Was ist denn nun das für gewaltiges Ding: der Staat? Wohnt eine Anzahl Menschen in einem Land und es sind Verordnungen oder Gesetze vorhanden, nach denen jeder sich richten muss, so sagt man, sie bilden einen Staat. Der Staat also sind a l l e; die Ordner im Staate sind die Gesetze, durch welche

---

3 **zierliche:** schöne | 3 **feiste:** fette | 11 **Schwiele:** verhärtete Schwellung | 15 **fl.:** (Abk.) Florin (Gulden) | 17 **Domänen:** Güter, die dem Staat oder dem Landesherrn gehören, vgl. Anm. zu 6/36,17 | 18 **Regalien:** Hoheitsrechte, die mit Einkünften für den Landesherrn verbunden waren | 22 **Blutzehnte:** Zehnt: zehnter Teil des Ertrags von Vieh- und Landwirtschaft, der an Kirche oder Grundherrn abzugeben war

das Wohl *aller* gesichert wird, und die aus dem Wohl *aller* hervorgehen sollen. – Seht nun, was man in dem Großherzogtum aus dem Staat gemacht hat; seht was es heißt: die Ordnung im Staate erhalten! 700 000 Menschen bezahlen dafür 6 Millionen, d. h. sie werden zu Ackergäulen und Pflugstieren gemacht, damit sie in Ordnung leben. In Ordnung leben heißt hungern und geschunden werden.

Wer sind denn die, welche diese Ordnung gemacht haben, und die wachen, diese Ordnung zu erhalten? Das ist die großherzogliche Regierung. Die Regierung wird gebildet von dem Großherzog und seinen obersten Beamten. Die andern Beamten sind Männer, die von der Regierung berufen werden, um jene Ordnung in Kraft zu erhalten. Ihre Anzahl ist Legion: Staatsräte und Regierungsräte, Landräte und Kreisräte, geistliche Räte und Schulräte, Finanzräte und Forsträte usw. mit allem ihrem Heer von Sekretären usw. Das Volk ist ihre Herde, sie sind seine Hirten, Melker und Schinder; sie haben die Häute der Bauern an, der Raub der Armen ist in ihrem Hause; die Tränen der Witwen und Waisen sind das Schmalz auf ihren Gesichtern; sie herrschen frei und ermahnen das Volk zur Knechtschaft. Ihnen gebt ihr 6 000 000 fl. Abgaben; sie haben dafür die Mühe, euch zu regieren; d. h. sich von euch füttern zu lassen und euch eure Menschen- und Bürgerrechte zu rauben. Sehet, was die Ernte eures Schweißes ist.

Für das Ministerium des Innern und der Gerechtigkeitspflege werden bezahlt 1 110 607 Gulden. Dafür habt ihr einen Wust von Gesetzen, zusammengehäuft aus willkürlichen Verordnungen aller Jahrhunderte, meist geschrieben in einer fremden Sprache. Der Unsinn aller vorigen Geschlechter hat sich darin auf euch

---

8 **geschunden:** gequält, ausgebeutet | 19 **Schinder:** Abdecker; jemand, der Viehkadaver abhäutet | 30 **einen Wust:** ein wüstes Durcheinander

vererbt, der Druck, unter dem sie erlagen, sich auf euch fortgewälzt. Das Gesetz ist das Eigentum einer unbedeutenden Klasse von Vornehmen und Gelehrten, die sich durch ihr eignes Machwerk die Herrschaft zuspricht. Diese Gerechtigkeit ist nur ein Mittel, euch in Ordnung zu halten, damit man euch bequemer schinde; sie spricht nach Gesetzen, die ihr nicht versteht, nach Grundsätzen, von denen ihr nichts wisst, Urteile, von denen ihr nichts begreift. Unbestechlich ist sie, weil sie sich gerade teuer genug bezahlen lässt, um keine Bestechung zu brauchen. Aber die meisten ihrer Diener sind der Regierung mit Haut und Haar verkauft. Ihre Ruhestühle stehen auf einem Geldhaufen von 461 373 Gulden (so viel betragen die Ausgaben für die Gerichtshöfe und die Kriminalkosten). Die Fräcke, Stöcke und Säbel ihrer unverletzlichen Diener sind mit dem Silber von 197 502 Gulden beschlagen (so viel kostet die Polizei überhaupt, die Gendarmerie usw.). Die Justiz ist in Deutschland seit Jahrhunderten die Hure der deutschen Fürsten. Jeden Schritt zu ihr müsst ihr mit Silber pflastern, und mit Armut und Erniedrigung erkauft ihr ihre ↗ Sprüche. Denkt an das Stempelpapier, denkt an euer Bücken in den Amtsstuben, und euer Wachestehen vor denselben. Denkt an die Sporteln für Schreiber und Gerichtsdiener. Ihr dürft euern Nachbar verklagen, der euch eine Kartoffel stiehlt; aber klagt einmal über den Diebstahl, der von Staats wegen unter dem Namen von Abgabe und Steuern jeden Tag an eurem Eigentum begangen wird, damit eine Legion unnützer Beamten sich von eurem Schweiße mästen: klagt einmal, dass ihr der Willkür einiger Fettwänste überlassen seid und dass diese Willkür Gesetz heißt, klagt, dass ihr die Ackergäule des Staates seid, klagt über eure verlorne Menschen-

---

6 **schinde:** ausbeute | 22 **Sprüche:** hier: Urteils-, Richtersprüche | 24 **Sporteln:** Gebühren

rechte: Wo sind die Gerichtshöfe, die eure Klage annehmen, wo die Richter, die Recht sprächen? – Die Ketten eurer Vogelsberger Mitbürger, die man nach Rockenburg schleppte, werden euch Antwort geben.

Und will endlich ein Richter oder ein andrer Beamte von den Wenigen, welchen das Recht und das gemeine Wohl lieber ist, als ihr Bauch und der Mammon, ein Volksrat und kein Volksschinder sein, so wird er von den obersten Räten des Fürsten selber geschunden.

Für das Ministerium der Finanzen 1551502 fl.

Damit werden die Finanzräte, Obereinnehmer, Steuerboten, die Untererheber besoldet. Dafür wird der Ertrag eurer Äcker berechnet und eure Köpfe gezählt. Der Boden unter euren Füßen, der Bissen zwischen euren Zähnen ist besteuert. Dafür sitzen die Herren in Fräcken beisammen und das Volk steht nackt und gebückt vor ihnen, sie legen die Hände an seine Lenden und Schultern und rechnen aus, wie viel es noch tragen kann, und wenn sie barmherzig sind, so geschieht es nur, wie man ein Vieh schont, das man nicht so sehr angreifen will

Für das Militär wird bezahlt 914820 Gulden.

Dafür kriegen eure Söhne einen bunten Rock auf den Leib, ein Gewehr oder eine Trommel auf die Schulter und dürfen jeden Herbst einmal blind schießen, und erzählen, wie die Herren vom Hof, und die ungeratenen Buben vom Adel allen Kindern ehrlicher Leute vorgehen, und mit ihnen in den breiten Straßen der Städte herumziehen mit Trommlen und Trompeten. Für jene 900000 Gulden müssen eure Söhne den Tyrannen schwören und Wache halten an ihren Palästen. Mit ihren Trommeln übertäuben sie eure Seufzer, mit ihren Kolben zerschmettern sie euch den Schädel, wenn ihr

---

7 **Mammon:** Reichtum, vgl. Mt 6,24 und Lk 16,9 | 27 f. **vorgehen:** hier: vorangehen | 32 **übertäuben:** übertönen

zu denken wagt, dass ihr freie Menschen seid. Sie sind die gesetzlichen Mörder, welche die gesetzlichen Räuber schützen, denkt an Södel! Eure Brüder, eure Kinder waren dort Brüder- und Vatermörder.

Für die Pensionen 480 000 Gulden.

Dafür werden die Beamten aufs Polster gelegt, wenn sie eine gewisse Zeit dem Staate treu gedient haben, d. h. wenn sie eifrige Handlanger bei der regelmäßig eingerichteten Schinderei gewesen, die man Ordnung und Gesetz heißt.

Für das Staatsministerium und den Staatsrat 174 600 Gulden.

Die größten Schurken stehen wohl jetzt allerwärts in Deutschland den Fürsten am nächsten, wenigstens im Großherzogtum:

Kommt ja ein ehrlicher Mann in einen Staatsrat, so wird er ausgestoßen. Könnte aber auch ein ehrlicher Mann jetzo Minister sein oder bleiben, so wäre er, wie die Sachen stehn in Deutschland, nur eine Drahtpuppe, an der die fürstliche Puppe zieht und an dem fürstlichen Popanz zieht wieder ein Kammerdiener oder ein Kutscher oder seine Frau und ihr Günstling, oder sein Halbbruder – oder alle zusammen. In Deutschland stehet es jetzt, wie der Prophet Micha schreibt, Kap. 7, V. 3 und 4: »Die Gewaltigen raten nach ihrem Mutwillen, Schaden zu tun, und drehen es, wie sie es wollen. Der Beste unter ihnen ist wie ein Dorn, und der Redlichste wie eine Hecke.« Ihr müsst die Dörner und Hecken teuer bezahlen, denn ihr müsst ferner für das großherzogliche Haus und den Hofstaat 827772 Gulden bezahlen.

Die Anstalten, die Leute, von denen ich bis jetzt gesprochen, sind nur Werkzeuge, sind nur Diener. Sie tun

---

13 **allerwärts:** allerorts, überall | 18 **jetzo:** jetzt | 21 **Popanz:** ausgestopfte Gestalt, Strohpuppe | 22 **Günstling:** Geliebter

nichts in ihrem Namen, unter der Ernennung zu ihrem Amt, steht ein L. das bedeutet Ludwig von Gottes Gnaden und sie sprechen mit Ehrfurcht: »Im Namen des Großherzogs.« Dies ist ihr Feldgeschrei, wenn sie euer Gerät versteigern, euer Vieh wegtreiben, euch in den Kerker werfen. Im Namen des Großherzogs sagen sie, und der Mensch, den sie so nennen, heißt: unverletzlich, heilig, souverän, Königliche Hoheit. Aber tretet zu dem Menschenkinde und blickt durch seinen Fürstenmantel: Es isst, wenn es hungert, und schläft wenn sein Auge dunkel wird. Sehet, es kroch so nackt und weich in die Welt, wie ihr und wird so hart und steif hinausgetragen, wie ihr, und doch hat es seinen Fuß auf eurem Nacken, hat 700 000 Menschen an seinem Pflug, hat Minister die verantwortlich sind, für das, was es tut, hat Gewalt über euer Eigentum durch die Steuern, die es ausschreibt, über euer Leben, durch die Gesetze, die es macht, es hat adliche Herrn und Damen um sich, die man Hofstaat heißt, und seine göttliche Gewalt vererbt sich auf seine Kinder mit Weibern, welche aus ebenso übermenschlichen Geschlechtern sind.

Wehe über euch Götzendiener! – Ihr seid wie die Heiden, die das Krokodil anbeten, von dem sie zerrissen werden. Ihr setzt ihm eine Krone auf, aber es ist eine Dornenkrone, die ihr euch selbst in den Kopf drückt; ihr gebt ihm ein Zepter in die Hand, aber es ist eine Rute, womit ihr gezüchtigt werdet; ihr setzt ihn auf euern Thron, aber es ist ein Marterstuhl für euch und eure Kinder. Der Fürst ist der Kopf des Blutigels, der über euch hinkriecht, die Minister sind seine Zähne und die Beamten sein Schwanz. Die hungrigen Mägen aller vornehmen Herren, denen er die hohen Stellen verteilt, sind Schröpfköpfe, die er dem Lande setzt. Das

4 **Feldgeschrei:** Schlachtruf, Kriegsruf | 18 **adliche:** adlige | 26 **Zepter:** Herrscherstab | 29 **Blutigels:** Blutegels

L. was unter seinen Verordnungen steht, ist das Malzeichen des Tieres, das die Götzendiener unserer Zeit anbeten. Der Fürstenmantel ist der Teppich, auf dem sich die Herren und Damen vom Adel und Hofe in ihrer Geilheit übereinander wälzen – mit Orden und Bändern decken sie ihre Geschwüre und mit kostbaren Gewändern bekleiden sie ihre aussätzigen Leiber. Die Töchter des Volks sind ihre Mägde und Huren, die Söhne des Volks ihre Lakaien und Soldaten. Geht einmal nach Darmstadt und seht, wie die Herren sich für euer Geld dort lustig machen, und erzählt dann euern hungernden Weibern und Kindern, dass ihr Brot an fremden Bäuchen herrlich angeschlagen sei, erzählt ihnen von den schönen Kleidern, die in ihrem Schweiß gefärbt, und von den zierlichen Bändern, die aus den Schwielen ihrer Hände geschnitten sind, erzählt von den stattlichen Häusern, die aus den Knochen des Volks gebaut sind; und dann kriecht in eure rauchigen Hütten und bückt euch auf euren steinichten Äckern, damit eure Kinder auch einmal hingehen können, wenn ein Erbprinz mit einer Erbprinzessin für einen andern Erbprinzen Rat schaffen will, und durch die geöffneten Glastüren das Tischtuch sehen, wovon die Herren speisen und die Lampen riechen, aus denen man mit dem Fett der Bauern illuminiert. Das alles duldet ihr, weil euch Schurken sagen: diese Regierung sei von Gott. Diese Regierung ist nicht von Gott, sondern vom Vater der Lügen. Diese deutschen Fürsten sind keine rechtmäßige Obrigkeit, sondern die rechtmäßige Obrigkeit, den deutschen Kaiser, der vormals vom Volke frei gewählt wurde, haben sie seit Jahrhunderten verachtet und endlich gar verraten. Aus Verrat und Meineid, und nicht aus der Wahl des Volkes ist die Gewalt der deutschen Fürsten hervor-

---

5 **Geilheit:** Lüsternheit, Schamlosigkeit | 6 **kostbaren:** teuren | 9 **Lakaien:** Diener | 10 f. **sich … lustig machen:** hier: sich vergnügen | 21 f. **Rat schaffen:** Hilfe leisten | 25 **illuminiert:** beleuchtet | 32 **Meineid:** falscher Eid

gegangen, und darum ist ihr Wesen und Tun von Gott verflucht; ihre Weisheit ist Trug, ihre Gerechtigkeit ist Schinderei. Sie zertreten das Land und zerschlagen die Person des Elenden. Ihr lästert Gott, wenn ihr einen dieser Fürsten einen Gesalbten des Herrn nennt, das heißt: Gott habe die Teufel gesalbt und zu Fürsten über die deutsche Erde gesetzt. Deutschland, unser liebes Vaterland, haben diese Fürsten zerrissen, den Kaiser, den unsere freien Voreltern wählten, haben diese Fürsten verraten und nun fordern diese Verräter und Menschenquäler Treue von euch! – Doch das Reich der Finsternis neiget sich zum Ende. Über ein Kleines und Deutschland, das jetzt die Fürsten schinden, wird als ein *Freistaat* mit einer vom Volk gewählten Obrigkeit wieder auferstehn. Die Heilige Schrift sagt: »Gebet dem Kaiser, was des Kaisers ist.« Was ist aber dieser Fürsten, der Verräter? – *Das Teil von Judas!*

Für die Landstände 16 000 Gulden.

Im Jahr 1789 war das Volk in Frankreich müde, länger die Schindmähre seines Königs zu sein. Es erhob sich und berief Männer, denen es vertraute, und die Männer traten zusammen und sagten, ein König sei ein Mensch wie ein anderer auch, er sei nur der erste Diener im Staat, er müsse sich vor dem Volk verantworten und wenn er sein Amt schlecht verwalte, könne er zur Strafe gezogen werden. Dann erklärten sie die Rechte des Menschen: »Keiner erbt vor dem andern mit der Geburt ein Recht oder einen Titel, keiner erwirbt mit dem Eigentum ein Recht vor dem andern. Die höchste Gewalt ist in dem Willen aller oder der Mehrzahl. Dieser Wille ist das Gesetz, er tut sich kund durch die Landstände oder die Vertreter des Volks, sie werden von allen gewählt und jeder kann gewählt werden; diese

---

3 **Schinderei:** Knochenarbeit, Plackerei | 20 **Schindmähre:** altes, verbrauchtes Pferd

Gewählten sprechen den Willen ihrer Wähler aus, und so entspricht der Wille der Mehrzahl unter ihnen dem ↗ Willen der Mehrzahl unter dem Volke; der König hat nur für die Ausübung der von ihnen erlassenen Gesetze zu sorgen.« Der König schwur dieser Verfassung treu zu sein, er wurde aber meineidig an dem Volke und das ↗ Volk richtete ihn, wie es einem Verräter geziemt. Dann schafften die Franzosen die erbliche Königswürde ab und wählten frei eine neue Obrigkeit, wozu jedes Volk nach der Vernunft und der Heiligen Schrift das Recht hat. Die Männer, die über die Vollziehung der Gesetze wachen sollten, wurden von der Versammlung der Volksvertreter ernannt, sie bildeten die neue Obrigkeit. So waren Regierung und Gesetzgeber vom Volk gewählt und Frankreich war ein Freistaat.

Die übrigen Könige aber entsetzten sich vor der Ge- ↗ walt des französischen Volkes, sie dachten, sie könnten alle über der ersten Königsleiche den Hals brechen und ihre misshandelten Untertanen möchten bei dem Freiheitsruf der Franken erwachen. Mit gewaltigem Kriegsgerät und reisigem Zeug stürzten sie von allen Seiten auf Frankreich und ein großer Teil der Adligen und Vornehmen im Lande stand auf und schlug sich zu dem Feind. Da ergrimmte das Volk und erhob sich in seiner Kraft. Es erdrückte die Verräter und zerschmetterte die Söldner der Könige. Die junge Freiheit wuchs im Blut der Tyrannen und vor ihrer Stimme bebten die Throne ↗ und jauchzten die Völker. Aber die Franzosen verkauften selbst ihre junge Freiheit für den Ruhm, den ihnen ↗ Napoleon darbot, und erhoben ihn auf den Kaiserthron. – Da ließ der Allmächtige das Heer des Kaisers in Russland erfrieren und züchtigte Frankreich durch die Knute der Kosaken und gab den Franzosen die

---

6 **wurde … meineidig:** betrog | 19 **möchten:** könnten | 21 **reisigem Zeug:** Reiterei | 26 **Söldner:** Soldaten, Krieger | 33 **Knute:** Riemenpeitsche | 33 **Kosaken:** kriegerische Reiterverbände im zaristischen Russland

dickwanstigen Bourbonen wieder zu Königen, damit Frankreich sich bekehrte vom Götzendienst der erblichen Königsherrschaft und dem Gotte diene, der die Menschen frei und gleich geschaffen. Aber als die Zeit seiner Strafe verflossen war, und tapfere Männer im Julius 1830 den meineidigen König Karl den Zehnten aus dem Lande jagten, da wendete dennoch das befreite Frankreich sich abermals zur halberblichen Königsherrschaft und band sich in dem Heuchler Louis Philippe eine neue Zuchtrute auf. In Deutschland und ganz Europa aber war große Freude als der zehnte Karl vom Thron gestürzt ward, und die unterdrückten deutschen Länder richteten sich zum Kampf für die Freiheit. Da ratschlagten die Fürsten, wie sie dem Grimm des Volkes entgehen sollten und die Listigen unter ihnen sagten: »Lasst uns einen Teil unserer Gewalt abgeben, dass wir das Übrige behalten.« Und sie traten vor das Volk und sprachen: »Wir wollen euch die Freiheit schenken um die ihr kämpfen wollt.« – Und zitternd vor Furcht warfen sie einige Brocken hin und sprachen von ihrer Gnade. Das Volk traute ihnen leider und legte sich zur Ruhe. – Und so ward Deutschland betrogen wie Frankreich.

Denn was sind diese Verfassungen in Deutschland? Nichts als leeres Stroh, woraus die Fürsten die Körner für sich herausgeklopft haben. Was sind unsere Landtage? Nichts als langsame Fuhrwerke, die man einmal oder zweimal wohl der Raubgier der Fürsten und ihrer Minister in den Weg schieben, woraus man aber nimmermehr eine feste Burg für deutsche Freiheit bauen kann. Was sind unsere Wahlgesetze? Nichts als Verletzungen der Bürger- und Menschenrechte der meisten Deutschen. Denkt an das Wahlgesetz im Großherzog-

---

5f. **Julius:** Juli | 14 **ratschlagten:** berieten | 14 **Grimm:** Wut, Zorn | 15 **sollten:** könnten

tum, wornach keiner gewählt werden kann, der nicht hoch begütert ist, wie rechtschaffen und gut gesinnt er auch sei, wohl aber der Grolmann, der euch um die zwei Millionen bestehlen wollte. Denkt an die Verfassung des Großherzogtums. – Nach den Artikeln derselben ist der Großherzog unverletzlich, heilig und unverantwortlich. Seine Würde ist erblich in seiner Familie, er hat das Recht Krieg zu führen und ausschließliche Verfügung über das Militär. Er beruft die Landstände, vertagt sie oder löst sie auf. Die Stände dürfen keinen Gesetzesvorschlag machen, sondern sie müssen um das Gesetz bitten, und dem Gutdünken des Fürsten bleibt es unbedingt überlassen, es zu geben oder zu verweigern. Er bleibt im Besitz einer fast unumschränkten Gewalt, nur darf er keine neuen Gesetze machen und keine neuen Steuern ausschreiben ohne Zustimmung der Stände. Aber teils kehrt er sich nicht an diese Zustimmung, teils genügen ihm die alten Gesetze, die das Werk der Fürstengewalt sind, und er bedarf darum keiner neuen Gesetze. Eine solche Verfassung ist ein elend jämmerlich Ding. Was ist von Ständen zu erwarten, die an eine solche Verfassung gebunden sind? Wenn unter den Gewählten auch keine Volksverräter und feige Memmen wären, wenn sie aus lauter entschlossenen Volksfreunden bestünden?! Was ist von Ständen zu erwarten, die kaum die elenden Fetzen einer armseligen Verfassung zu verteidigen vermögen! – Der einzige Widerstand, den sie zu leisten vermochten, war die Verweigerung der zwei Millionen Gulden, die sich der Großherzog von dem überschuldeten Volke wollte schenken lassen zur Bezahlung seiner Schulden.

Hätten aber auch die Landstände des Großherzogtums genügende Rechte, und hätte das Großherzogtum,

---

12 **Gutdünken:** persönlichen Ermessen | 13 **unbedingt:** hier: uneingeschränkt, bedingungslos | 32 **Landstände:** Vertretungen der bevorrechtigten Stände auf den Landtagen

aber nur das Großherzogtum allein, eine wahrhafte Verfassung, so würde die Herrlichkeit doch bald zu Ende sein. Die Raubgeier in Wien und Berlin würden ihre Henkerskrallen ausstrecken und die kleine Freiheit mit Rumpf und Stumpf ausrotten. Das ganze deutsche Volk muss sich die Freiheit erringen. Und diese Zeit, geliebte Mitbürger, ist nicht ferne. – Der Herr hat das schöne deutsche Land, das viele Jahrhunderte das herrlichste Reich der Erde war, in die Hände der fremden und einheimischen Schinder gegeben, weil das Herz des deutschen Volkes von der Freiheit und Gleichheit seiner Voreltern und von der Furcht des Herrn abgefallen war, weil ihr dem Götzendienste der vielen Herrlein, Kleinherzoge und Däumlingskönige euch ergeben hattet.

Der Herr, der den Stecken des fremden Treibers Napoleon zerbrochen hat, wird auch die Götzenbilder unserer einheimischen Tyrannen zerbrechen durch die Hände des Volks. Wohl glänzen diese Götzenbilder von Gold und Edelsteinen, von Orden und Ehrenzeichen, aber in ihrem Innern *stirbt der Wurm nicht und ihre Füße sind von Lehm*. – Gott wird euch Kraft geben ihre Füße zu zerschmeißen, sobald ihr euch bekehret von dem Irrtum eures Wandels und die Wahrheit erkennet: dass nur Ein Gott ist und keine Götter neben ihm, die sich Hoheiten und Allerhöchste, heilig und unverantwortlich nennen lassen, dass Gott alle Menschen frei und gleich in ihren Rechten schuf und dass keine Obrigkeit von Gott zum Segen verordnet ist, als die, welche auf das Vertrauen des Volkes sich gründet und vom Volke ausdrücklich oder stillschweigend erwählt ist; dass dagegen die Obrigkeit, die Gewalt, aber kein Recht über ein Volk hat, nur *also* von Gott ist, wie der Teufel auch von Gott ist, und dass der

---

32 **also:** so

Gehorsam gegen eine solche Teufelsobrigkeit nur so lange gilt, bis ihre Teufelsgewalt gebrochen werden kann; – dass der Gott, der ein Volk durch Eine Sprache zu Einem Leibe vereinigte, die Gewaltigen die es zerfleischen und vierteilen, oder gar in dreißig Stücke zerreißen, als Volksmörder und Tyrannen hier zeitlich und dort ewiglich strafen wird, denn die Schrift sagt: was Gott vereinigt hat, soll der Mensch nicht trennen; und dass der Allmächtige, der aus der Einöde ein Paradies schaffen kann, auch ein Land des Jammers und des Elends wieder in ein Paradies umschaffen kann, wie unser teuerwertes Deutschland war, bis seine Fürsten es zerfleischten und schunden.

Weil das deutsche Reich morsch und faul war, und die Deutschen von Gott und von der Freiheit abgefallen waren, hat Gott das Reich zu Trümmern gehen lassen, um es zu einem Freistaat zu verjüngen. Er hat eine Zeitlang »den Satansengeln« Gewalt gegeben, dass sie Deutschland mit Fäusten schlügen, er hat den »Gewaltigen und Fürsten, die in der Finsternis herrschen, den bösen Geistern unter dem Himmel« (Ephes. 6), Gewalt gegeben, dass sie Bürger und Bauern peinigten und ihr Blut aussaugten und ihren Mutwillen trieben mit allen, die Recht und Freiheit mehr lieben als Unrecht und Knechtschaft. – – Aber ihr Maß ist voll!

Sehet an das von Gott gezeichnete Scheusal, den König Ludwig von Bayern, den Gotteslästerer, der redliche Männer vor seinem Bilde niederzuknien zwingt, und die, welche die Wahrheit bezeugen, durch meineidige Richter zum Kerker verurteilen lässt; das Schwein, das sich in allen Lasterpfützen von Italien wälzte, den Wolf, der sich für seinen Baals-Hofstaat für immer jährlich fünf Millionen durch meineidige Landstände verwilli-

---

9 **Einöde:** einsame, verlassene Gegend | 30 **Schwein:** symbolisiert Unzucht und Unreinlichkeit | 31 **Wolf:** symbolisiert (Hab-)Gier und Grausamkeit

gen lässt, und fragt dann: »Ist das eine Obrigkeit von Gott zum Segen verordnet?«

Ha! du wärst Obrigkeit von Gott?
Gott spendet Segen aus;
Du raubst, du schindest, kerkerst ein,
Du nicht von Gott, Tyrann!

Ich sage euch: sein und seiner Mitfürsten Maß ist voll. Gott, der Deutschland um seiner Sünden willen geschlagen hat durch diese Fürsten, wird es wieder heilen. »Er wird die Hecken und Dörner niederreißen und auf einem Haufen verbrennen.« (Jesaias 27,4)

So wenig der Höcker noch wächset, womit Gott diesen König Ludwig gezeichnet hat, so wenig werden die Schandtaten dieser Fürsten noch wachsen können. Ihr Maß ist voll. Der Herr wird ihre Zwingburgen zerschmeißen und in Deutschland wird dann Leben und Kraft, der Segen der Freiheit wieder erblühen. Zu einem großen Leichenfelde haben die Fürsten die deutsche Erde gemacht, wie Ezechiel im 37. Kapitel beschreibt: »Der Herr führte mich auf ein weites Feld, das voller Gebeine lag, und siehe, sie waren sehr verdorrt.« Aber wie lautet des Herrn Wort zu den verdorrten Gebeinen: »Siehe, ich will euch Adern geben und Fleisch lassen über euch wachsen und euch mit Haut überziehen, und will euch Odem geben, dass ihr wieder lebendig werdet, und sollt erfahren, dass Ich der Herr bin.« Und des Herrn Wort wird auch an Deutschland sich wahrhaftig beweisen, wie der Prophet spricht: »Siehe, es rauschte und regte sich und die Gebeine kamen wieder zusammen, ein jegliches zu seinem Gebein. – Da kam Odem in sie und sie wurden wieder lebendig und richteten sich auf ihre Füße, und ihrer war ein sehr groß Heer.«

---

15 **Zwingburgen:** Burgen, die dazu dienten, die widerstrebende Bevölkerung zur Anerkennung der Herrschaft zu nötigen | 19 **Ezechiel:** der alttestamentarische Prophet Hesekiel | 25 **Odem:** Atem

Wie der Prophet schreibet, also stand es bisher in Deutschland: eure Gebeine sind verdorrt, denn die Ordnung, in der ihr lebt, ist eitel Schinderei. 6 Millionen bezahlt ihr im Großherzogtum einer Handvoll Leute, deren Willkür euer Leben und Eigentum überlassen ist, und die anderen in dem zerrissenen Deutschland gleich also. Ihr seid nichts, ihr habt nichts! Ihr seid rechtlos. Ihr müsset geben, was eure unersättlichen Presser fordern, und tragen, was sie euch aufbürden. So weit ein Tyrann blicket – und Deutschland hat deren wohl dreißig – verdorret Land und Volk. Aber wie der Prophet schreibet, so wird es bald stehen in Deutschland: der Tag der Auferstehung wird nicht säumen. In dem Leichenfelde wird sich's regen und wird rauschen und der Neubelebten wird ein großes Heer sein.

Hebt die Augen auf und zählt das Häuflein eurer Presser, die nur stark sind durch das Blut, das sie euch aussaugen und durch eure Arme, die ihr ihnen willenlos leihet. Ihrer sind vielleicht 10 000 im Großherzogtum und eurer sind es 700 000 und also verhält sich die Zahl des Volkes zu seinen Pressern auch im übrigen Deutschland. Wohl drohen sie mit dem Rüstzeug und den Reisigen der Könige, aber ich sage euch: Wer das Schwert erhebt gegen das Volk, der wird durch das Schwert des Volkes umkommen. Deutschland ist jetzt ein Leichenfeld, bald ↗ wird es ein Paradies sein. Das deutsche Volk ist Ein Leib ihr seid ein Glied dieses Leibes. Es ist einerlei, wo die Scheinleiche zu zucken anfängt. Wann der Herr auch seine Zeichen gibt durch die Männer, durch welche er die Völker aus der Dienstbarkeit zur Freiheit führt, dann erhebet euch und der ganze Leib wird mit euch aufstehen.

↗ Ihr bücktet euch lange Jahre in den Dornäckern der Knechtschaft, dann schwitzt ihr einen Sommer im

Weinberge der Freiheit, und werdet frei sein bis ins tausendste Glied.

Ihr wühltet ein langes Leben die Erde auf, dann wühlt ihr euren Tyrannen ein Grab. Ihr bautet die Zwingburgen, dann stürzt ihr sie, und bauet der Freiheit Haus. Dann könnt ihr eure Kinder frei taufen mit dem Wasser des Lebens. Und bis der Herr euch ruft durch seine Boten und Zeichen, wachet und rüstet euch im Geiste und betet ihr selbst und lehrt eure Kinder beten: »Herr, zerbrich den Stecken unserer Treiber und lass dein Reich zu uns kommen, das Reich der Gerechtigkeit. Amen.«

Anhang

1. Zur Textgestalt

Der Text der vorliegenden Ausgabe folgt der Edition:

Georg Büchner / Friedrich Ludwig Weidig: Der Hessische Landbote. Studienausgabe. Hrsg. von Gerhard Schaub. Stuttgart: Reclam, 1996. (Universal-Bibliothek. 9486.) [Textgrundlage ist der Erstdruck: Der Hessische Landbote. Erste Botschaft. Darmstadt [richtig: Offenbach]: Carl Preller, Juli 1834.]

Die Orthographie wurde auf der Grundlage der gültigen amtlichen Rechtschreibregeln behutsam modernisiert; der originale Lautstand und grammatische Eigenheiten blieben gewahrt. Die Interpunktion folgt der Druckvorlage.

2. Anmerkungen

5/35,1 **Der Hessische Landbote:** Ähnliche Titel trugen auch andere, politisch unverfängliche Zeitungen und Zeitschriften, allerdings wird so gleichzeitig auf die Figur des »hinkenden Boten« angespielt, die seit der Frühen Neuzeit mit den offiziellen Siegesmeldungen auch kritisch die Kosten für militärische Operationen mitteilte. Die Formulierung des Titels stammt von dem Theologen und Publizisten Friedrich Ludwig Weidig (vgl. Kap. 4).

5/35,2 **Erste Botschaft:** Zu einer Fortsetzung kam es nie, allerdings erschien im November 1834 eine zweite, überarbeitete Ausgabe des *Hessischen Landboten.*

5/35,3 **Darmstadt:** Die erfundene Ortsangabe verschleiert einerseits den eigentlichen Druckort Offenbach und nennt andererseits mit der Hauptstadt des Großherzogtums Hessen gleich zu Beginn das Ziel der Flugschrift.

5/35,20 **Friede … Palästen!:** Die sozialrevolutionäre, den Gegensatz von Arm und Reich beschwörende Parole wird dem französischen Schriftsteller Nicolas Chamfort (1741–1794) zugeschrieben: »Guerre aux châteaux, paix aux chaumières«. Sie wurde während der Französischen Revolution oft gebraucht.

5/35,22–6/36,1 **als hätte … gezählt:** vgl. AT, 1. Mose 1, 20–28. Die alttestamentarische Schöpfungsgeschichte bot seit dem Mittelalter zahlreichen sozialen Bewegungen Argumentationshilfe. Für den *Hessischen Landboten* ist die Bibel überhaupt neben dem statistischen Zahlenmaterial die zentrale Bezugsquelle.

5/35,23f. **Vornehmen:** Diese von Weidig eingesetzte Bezeichnung nimmt den Adel in den Blick. Büchner hatte eigentlich von »Fürsten und Reichen« geschrieben und wollte damit in erster Linie den sozialen Unterschied zwischen Arm und Reich anprangern.

6/36,9f. **Fremde … Augen:** vgl. AT, Jesaja 1,7: »Euer [Israels] Land ist wüst, eure Städte sind mit Feuer verbrannt; Fremde verzehren eure Äcker vor euren Augen, und es ist wüst wie das, so durch Fremde verheert ist.«

6/36,13 **Großherzogtum Hessen:** Das Großherzogtum Hessen entstand erst 1806 infolge der Neugliederung der deutschen Staaten durch Napoleon; vgl. Abb. 7.

6/36,13 **718 373 Einwohner:** Der *Hessische Landbote* folgt hier wie bei den allermeisten Zahlenangaben dem Büchner vorliegenden Werk von Georg Wilhelm Justin Wagner aus dem Jahre 1831: *Sta-*

tistisch-topographisch-historische Beschreibung des Großherzogthums Hessen. Abweichungen hiervon sind in der Regel auf Schreib- oder Rechenfehler zurückzuführen.

6/36,15 **Direkte Steuern:** Dieser zweithöchste Posten der Staatseinnahmen setzt sich aus Grundsteuern aus Immobilienbesitz, aus Gewerbesteuern sowie aus personenbezogenen Einkommenssteuern zusammen.

6/36,16 **Indirekte Steuern:** Vor allem Verbrauchssteuern (z.B. auf Alkohol, Salz) und Zölle. Zu den indirekten Steuern zählt Wagner aber auch die vielen Gebühren, vgl. S. 8/38,20–29.

6/36,17 **Domänen:** Die Verfassung bestimmte, dass zwei Drittel der Einkünfte der hessischen Domänen (staatseigenen Gütern) direkt für die großherzogliche Familie bestimmt waren – das letzte Drittel ging an die Staatskasse.

7/37,1 f. **aus dem Wohl aller:** Bei der Wiederholung des Wortes »Wohl« handelt es sich vermutlich um einen Druckfehler, was angesichts der schwierigen konspirativen Entstehungsbedingungen nicht verwundert (vgl. Kap. 4). Gemeint ist wahrscheinlich, dass die Gesetze aus dem *Willen* aller hervorgehen sollten. Dies entspräche der Idee einer *volonté générale*, die auf den Philosophen Jean Jacques Rousseau zurückgeht und für das Demokratiekonzept der Französischen Revolution eine zentrale Rolle spielt.

7/37,11 **die großherzogliche Regierung:** Die Würde eines hessischen Großherzogs war erblich. Er, seine Minister und die höheren Beamten hatten u.a. das Privileg, sich juristisch allenfalls vor einem Sondergericht verantworten zu müssen.

7/37,15 **Ihre Anzahl ist Legion:** vgl. Mk 5,9: »Und er [Jesus] fragte ihn [den unsauberen Geist]: Wie heißest du? Und er antwortete und sprach: Legion heiße ich; denn wir sind unser viele.«

7/37,21 **Witwen und Waisen:** eine formelhafte Wendung, vgl. z.B. AT (Apokryphen), Sirach 35,17.

7/37,26 **Menschen- und Bürgerrechte:** Louis-Auguste Blanqui (vgl. Kap. 5.3) formulierte 1832, »Proletarier« seien alle, »die von ihrer Arbeit leben und politischer Rechte beraubt sind«. Vgl. auch die Auszüge aus der Menschenrechtserklärung von Robespierre aus dem Jahre 1793 in Kap. 5.1.

7/37,32 **in einer fremden Sprache:** Das nur Gelehrten verständliche Latein dominierte bis ins 18. Jahrhundert auch das Rechtssystem.

8/38,22 **Stempelpapier:** Die indirekte Steuer, die für offizielles Papier mit Amtsstempel bezahlt werden musste, war besonders verhasst. Die Einführung von Stempelpapier durch die britische Kolonialverwaltung galt zudem als ein Auslöser der Amerikanischen Revolution nach 1763.

9/39,2–4 **Die Ketten … schleppte:** Nach 1830 wurden zahlreiche Aufständische aus dem Gebiet des Vogelsbergs ins Zuchthaus Rockenburg bei Friedberg gebracht; dabei wurden tatsächlich handfeste Ketten haftverschärfend eingesetzt.

9/39,7 **ihr Bauch:** vgl. NT, Philipper 3,19 und Römer 16,18: »Denn solche [Menschen, die Ärgernis anrichten] dienen nicht dem Herrn Jesus Christus, sondern ihrem Bauche; und durch süße Worte und prächtige Reden verführen sie die unschuldigen Herzen.«

9/39,17f. **Lenden und Schultern:** vgl. AT, Hesekiel 24,4.

9/39,23f. **Dafür … Leib:** Männliche Hessen waren militärdienstpflichtig, ausgenommen aber Familienmitglieder der Standesherren. Reiche konnten einen Stellvertreter schicken.

10/40,3 **denkt an Södel!:** Im oberhessischen Dorf Södel kam es während der Bauernunruhen im Jahre 1830 zu einem blutigen Zwischenfall: Regierungssoldaten schossen auf unbeteiligte Bauern. Es gab Tote und Verletzte.

10/40,19 **nur eine Drahtpuppe:** Das Marionettenmotiv findet sich auch in Büchners Dramen *Dantons Tod* (II,5) und *Leonce und Lena* (III,3). Vgl. auch Goethes Briefroman *Die Leiden des jungen Werther*, in dem Werther am 8. Januar 1772 schreibt: »Wie mancher König wird durch seinen Minister, wie mancher Minister durch seinen Sekretär regiert!«

11/41,2f. **Ludwig von Gottes Gnaden:** Großherzog Ludwig II. (1777–1848) regierte Hessen seit 1830, er ließ sich mit dem Titel ›Königliche Hoheit‹ ansprechen. Laut Aussage August Beckers (vgl. Kap. 4) vom 1. November 1837 »haßte [Büchner] weder die Fürsten, noch die Staatsdiener, sondern nur das monarchische Princip, welches er für die Ursache allen Elends hielt«. Es widerspricht der aufklärerischen Lehre vom Gesellschaftsvertrag (Rousseau).

11/41,11–13 **es kroch … wie ihr:** vgl. AT, Weisheit 7,1–6.; AT, Hiob 1,21 und AT, Prediger 5,14: »Wie er [der Reiche] nackt ist von seiner Mutter Leibe gekommen, so fährt er wieder hin, wie er gekommen ist, und nimmt nichts mit sich von seiner Arbeit in seiner Hand, wenn er hinfährt.«

11/41,22 **Wehe über euch Götzendiener:** vgl. NT, Epheser 5,5: »Denn das sollt ihr wissen, dass kein Hurer oder Unreiner oder Geiziger, welcher ist ein Götzendiener, Erbe hat in dem Reich Christi und Gottes.«

11/41,22f. **wie die Heiden, die das Krokodil anbeten:** In seinen Predigten benutzte Weidig gelegentlich das abschreckende Beispiel der Ägypter mit ihrem hierarchischen Staatsaufbau und der strikten Trennung in verschiedene Gesellschaftsgruppen.

11/41,25 **Dornenkrone:** Anspielung auf die Verspottung Christi durch die Soldaten, vgl. NT, Matthäus 27,27–29: »Da nahmen die Kriegsknechte des Landpflegers Jesu zu sich […] und zogen ihn aus und legten ihm einen Purpurmantel an und flochten eine Dornenkrone und setzten sie auf sein Haupt und ein Rohr in seine rechte Hand und beugten die Kniee vor ihm und verspotteten ihn und sprachen: Gegrüßet seist du, der Juden König!«

11/41,27 **Rute, womit ihr gezüchtigt werdet:** vgl. AT, Sprüche 22,15: »Torheit steckt dem Knaben im Herzen; aber die Rute der Zucht wird sie fern von ihm treiben.«

11/41,33 **Schröpfköpfe:** Saugglocken, in denen durch Wärme ein Unterdruck zum kontrollierten Entnehmen von Blut zu therapeutischen Zwecken erzeugt wurde.

12/42,1f. **das Malzeichen des Tieres:** Nach der Offenbarung des Johannes ist der Antichrist in Gestalt eines teuflischen Drachens, den Christus am Ende der Zeiten überwinden wird, so gekennzeichnet, vgl. NT, Offenbarung 13f.

12/42,7f. **Töchter des Volks:** vgl. AT, Jeremia 6,26; 8,22; 14,17; speziell im Zusammenhang hier auch AT, 5. Mose 23,17f. und AT, Hosea 4,13f.: »Oben auf den Bergen opfern sie [die Gotteslästerer], und auf den Hügeln räuchern sie […]. Darum werden eure Töchter auch zu Huren und eure Bräute zu Ehebrecherinnen werden. Und ich will's auch nicht wehren, wenn eure Töchter und Bräute geschändet und zu Huren werden, weil ihr einen andern Gottesdienst anrichtet mit den Huren und opfert mit den Bübinnen. Denn das törichte Volk will geschlagen sein.«

12/42,20–22 **wenn ein Erbprinz … schaffen will:** Die einzige Aufgabe eines Erbprinzen bestehe darin, mit einer Erbprinzessin weitere Erbprinzen zu schaffen. Unmittelbarer Anlass zu dieser provozierenden Feststellung war die Hochzeit des Erbgroßherzogs Ludwig mit Prinzessin Mathilde von Bayern. Vgl. auch *Leonce und Lena*.

12/42,23–25 **die Lampen … illuminiert:** vgl. Dantons Tod I,2: »wir wollen ihnen das Fett auslassen und unsere Suppen mit schmelzen«.

12/42,26f. **Diese Regierung ist nicht von Gott:** Der *Hessische Landbote* vertritt in Auseinandersetzung mit der für die Auffassung des Protestantismus von Politik zentralen Stelle aus dem Römer-Brief eine außergewöhnlich radikale Position: Die deutschen Fürsten werden generell für illegitim erklärt.

12/42,27 **Vater der Lügen:** vgl. NT, Johannes 8,44: »Ihr [Juden, die Jesus töten möchten] seid von dem Vater, dem Teufel, und nach eures Vaters Lust wollt ihr tun. Der ist ein Mörder von Anfang und ist nicht bestanden in der Wahrheit; denn die Wahrheit ist nicht in ihm. Wenn er die Lüge redet, so redet er von seinem Eigenen; denn er ist ein Lügner und ein Vater derselben.«

12/42,29f. **den deutschen Kaiser … gewählt wurde:** Der *Hessische Landbote* vertritt die (unzutreffende) Vorstellung, die Kaiser des Mittelalters seien vom Volk gewählt worden.

13/43,9 **unsere freien Voreltern:** Vor allem Weidig dachte innerhalb eines triadischen Geschichtsmodells: Auf einen positiven Ursprungszustand folge eine ungute Zwischenperiode voller Kämpfe, bis schließlich eine harmonische Zeit der Befreiung anbrechen werde; vgl. Kap. 5.4.

13/43,13f. **Freistaat:** Der Begriff hier und im *Hessischen Landboten* überhaupt meint eine Republik. Georg Büchners persönliche politische Zielvorstellung ist wesentlich schwieriger zu bestimmen; vgl. Kap. 6.

13/43,15f. **»Gebet dem Kaiser, was des Kaisers ist.«:** vgl. NT, Matthäus 22,21 und NT, Markus 12,17.

13/43,17 **Das Teil von Judas!:** Gemeint sind hier nicht die dreißig Silberlinge, die Judas für seinen Verrat erhielt (vgl. NT, Matthäus 26,15), sondern den Fürsten gebühre vielmehr der Strick, mit dem er sich erhängte (vgl. NT, Matthäus 27,5).

13/43,23f. **der erste Diener im Staat:** geflügeltes Wort, das auf Friedrich den Großen von Preußen (1712–1786) zurückgeht, von diesem aber immer in französischer Sprache benutzt wurde.

13/43,26f. **Dann erklärten sie die Rechte des Menschen:** Gemeint ist die »Déclaration des droits de l'homme et du citoyen« vom 16. August 1789, die Bestandteil der Verfassung vom 3. September 1791 wurde, vgl. auch Kap. 5.1.

14/44,3–5 **der König … zu sorgen:** Laut der revolutionären französischen Verfassung hatte der König aber in der Tat ein Vetorecht – die konstitutionelle Monarchie wird hier folglich beschönigt. Dies spricht gegen die Autorschaft Büchners an dieser Stelle.

14/44,7f. **Dann schafften ... ab:** König Ludwig XVI. (1754–1793) wurde am 10. August 1792 vom Amt suspendiert, am 21. September 1792 wurde in Frankreich die Monarchie abgeschafft.

14/44,17f. **sie könnten ... brechen:** vgl. *Dantons Tod* IV,7: »Die Tyrannen werden über unsern Gräbern den Hals brechen.«

14/44,28 **jauchzten die Völker:** vgl. AT, Psalmen 67,5; 89,16; AT, 1. Samuel 10,24.

14/44,30 **Napoleon:** Napoléon Bonaparte (1769–1821), Kaiser der Franzosen zwischen 1804 und 1814/15.

15/45,1 **Bourbonen wieder zu Königen:** Nach der Abdankung Napoleons wurde erneut mit Ludwig XVIII. (1755–1824) ein Bourbone König Frankreichs.

15/45,6 **Karl den Zehnten:** Der französische König löste durch Einschränkungen der Pressefreiheit und des Wahlrechts die Julirevolution 1830 aus, in deren Folge er abdanken musste.

15/45,9f. **Louis Philippe:** Louis Philippe (1773–1850) regierte zwischen 1830 und 1848 als erster der sogenannten Bürgerkönige.

15/45,10 **Zuchtrute:** vgl. AT, Sprüche 22,15; vgl. auch Anm. 11/41,27.

15/45,15–17 **die Listigen ... behalten:** vgl. die Verteidigungsrede des französischen Revolutionärs Louis-Auguste Blanquis in Kap. 5.3.

15/45,20 **warfen sie einige Brocken hin:** vgl. Büchners Brief vom 6. April 1833, s. Kap. 4.

15/45,30 **eine feste Burg:** Luthers im protestantischen Milieu außerordentlich berühmtes Lied »Ein feste Burg ist unser Gott, / ein gute Wehr und Waffen. / Er hilft uns frei aus aller Not, / die uns jetzt hat betroffen« nach dem 46. Psalm wurde im Vormärz auch in politischen Zusammenhängen gesungen.

16/46,1–3 **wornach ... sei:** Dies war in der hessischen Verfassung von 1820 festgelegt. Hessen wurde durch diese Verfassung als letzter deutscher Staat zur konstitutionellen Monarchie.

16/46,3 **Grolmann:** Friedrich Ludwig von Grolmann (1784–1859) hat als Mitglied des Landtags 1830 für den Antrag der Regierung gestimmt, Privatschulden des Großherzogs auf die Staatskasse zu übertragen.

16/46,20f. **ein elend jämmerlich Ding:** vgl. AT, Sirach 40,1: »Es ist ein elend jämmerlich Ding um aller Menschen Leben von Mutterleib an, bis sie in die Erde begraben werden, die unser aller Mutter ist.«

17/47,3 **Die Raubgeier in Wien und Berlin:** Österreich und Preußen dominierten den Deutschen Bund.

17/47,6 f. **Und diese Zeit … ist nicht ferne:** vgl. AT, Hesekiel 12,23; NT, Offenbarung 1,3; 22,10: »Und er spricht zu mir: ›Versiegle nicht die Worte der Weissagung in diesem Buch; denn die Zeit ist nahe.‹« In der Bibel wird mit diesen Worten das Reich Gottes angekündigt.

17/47,10–12 **das Herz … abgefallen war:** vgl. AT, Jesaja 6,10; AT, Jeremia 5,23; NT Matthäus 13,15; NT, Apostelgeschichte 28,27.

17/47,15 f. **Der Herr … zerbrochen hat:** vgl. Jes 9,2 f.: »Du [Jesus] des Volkes viel; du machst groß seine Freude. […] Denn du hast das Joch ihrer Last und die Rute ihrer Schulter und den Stecken ihres Treibers zerbrochen […].«

17/47,16 f. **die Götzenbilder … zerbrechen:** vgl. 2. Mose 23,24; 34,13; Hes 6,6; Mi 1,7.

17/47,18 **Hände des Volks:** vgl. AT, Hesekiel 7,27; AT, 1. Samuel 13,22.

17/47,18–21 **Wohl glänzen … Lehm:** vgl. AT, Daniel 2,31–35.

17/47,21 f. **Gott wird euch Kraft geben:** vgl. AT, Psalmen 29,11; 68,36.

17/47,22 **ihre Füße zu zerschmeißen:** vgl. AT, Daniel 2,34.

17/47,23 **bekehret … Wandels:** vgl. NT, Jakobus 5,19 f.: »Liebe Brüder, so jemand unter euch irren würde von der Wahrheit, und jemand bekehrte ihn, der soll wissen, dass, wer den Sünder bekehrt hat von dem Irrtum seines Weges, der hat einer Seele vom Tode geholfen und wird bedecken die Menge der Sünden.«

17/47,23 f. **die Wahrheit erkennet:** vgl. NT, Johannes 8,32; NT, 1. Timotheus 4,3; NT, 2. Timotheus 2,25; NT, 2. Johannes 1.

17/47,24 f. **dass nur Ein Gott … neben ihm:** vgl. das erste der Zehn Gebote (AT, 2. Mose 20,3): »Du sollst keine anderen Götter neben mir haben.«

17/47,31–18/48,3 **die Obrigkeit … werden kann:** vgl. S. 12/42,26–32 mit Anm.

18/48,5 **in dreißig Stücke:** Der deutsche Staatenbund bestand insgesamt aus 38 souveränen Staaten, darunter waren vier freie Städte.

18/48,7 f. **was … trennen:** vgl. NT, Matthäus 19,6.

18/48,9f. **der aus der Einöde ein Paradies schaffen kann:** vgl. AT, 1. Mose 1,2 und 2,8–17.

18/48,18 **den Satansengeln:** vgl. NT, 2. Korinther 12,7: »Und auf dass [damit] ich mich nicht der hohen Offenbarungen überhebe, ist mir gegeben ein Pfahl ins Fleisch, nämlich des Satansengel, der mich mit Fäusten schlage, auf dass ich mich nicht überhebe.«

18/48,25 **ihr Maß ist voll:** geflügeltes Wort nach Schillers *Jungfrau von Orléans* (Prol. 3).

18/48,26f. **König Ludwig von Bayern:** Ludwig I. von Bayern (1786–1868) war wegen der kleinlichen Bestrafung von ›Majestätsbeleidigungen‹ aller Art und seines ausschweifenden Lebens ein besonderes Feindbild der liberalen und demokratischen Opposition.

18/48,32 **Baals-Hofstaat:** Der Kult um den grausamen Gott Baal fordert bedingungslose Unterwerfung, vgl. 1. Kön 19,18; Röm 11,4.

19/48,3–6 **Ha! ... Tyrann:** vgl. die letzte Strophe von Gottfried August Bürgers Gedicht »Der Bauer. An seinen durchlauchtigen Tyrannen« aus dem Jahre 1773; der dritte Vers wurde wohl von Weidig hinzugefügt.

20/50,26f. **Das deutsche Volk ... Leibes:** vgl. NT, 1. Korinther 12,12–14: »Denn gleichwie *ein* Leib ist, und hat doch viele Glieder, alle Glieder aber des Leibes, wiewohl ihrer viel sind, doch *ein* Leib sind: also auch Christus. Denn wir sind durch *einen* Geist alle zu *einem* Leibe getauft, wir seien Juden oder Griechen, Knechte oder Freie, und sind alle zu *einem* Geist getränkt. Denn auch der Leib ist nicht *ein* Glied, sondern viele.

20/50,32f. **Dornäckern der Knechtschaft:** vgl. AT, 1. Mose 3,17f. und auch AT, Jesaja 32,13

21/51,1f. **bis ins tausendste Glied:** vgl. AT, 2. Mose 34,7.

21/51,7 **Wasser des Lebens:** vgl. NT, Offenbarung 22,1.17.

21/51,8f. **wachet ... und betet ihr selbst:** vgl. NT, Matthäus 26,41; NT, Markus 14,38: »Wachet und betet, dass ihr nicht in Versuchung fallet! Der Geist ist willig; aber das Fleisch ist schwach.«

21/51,10 **Herr, zerbrich den Stecken unserer Treiber:** vgl. AT, Jesaja 9,3 wie in Anm. 17/47,15f.

21/51,11 **lass dein Reich zu uns kommen:** vgl. NT, Matthäus 6,10: »Dein Reich komme. Dein Wille geschehe auf Erden wie im Himmel.«

21/51,11f. **das Reich der Gerechtigkeit:** vgl. NT, Römer 14,17.

3. Leben und Zeit

1813 Am 17. Oktober wird Carl Georg Büchner als ältestes von sieben Kindern in Goddelau (Hessen) geboren.

1816 Umzug der Familie in die großherzoglich-hessische Residenzstadt Darmstadt.

1821 Einschulung in die »Privat-Erziehungs- und Unterrichts-Anstalt für Knaben« von Dr. Carl Weitershausen.

1825 Einschulung in das Großherzogliche Gymnasium in Darmstadt.

1828 Konfirmation in der Darmstädter Stadtkirche.

1831 Abschluss des Gymnasiums im Frühjahr. – Am 9. November erfolgt die Immatrikulation an der Medizinischen Fakultät der Académie zu Straßburg.

1832 Verlobung mit Wilhelmine Jaeglé (1810–1880), der Tochter seines Straßburger Vermieters.

1833 Am 31. August Immatrikulation an der Medizinischen Fakultät der Großherzoglich-Hessischen Landes-Universität Gießen. – 18. November Rückkehr nach Darmstadt wegen einer Hirnhautentzündung.

1834 Am 6. Januar Wiederaufnahme des Studiums in Gießen. – Anfang des Jahres Begegnung mit dem oppositionellen Butzbacher Pfarrer und Rektor Friedrich Ludwig Weidig (1791–1837); gemeinsam mit August Becker (1812–1871) Gründung einer geheimen revolutionären »Gesellschaft der Menschenrechte« in Gießen und Darmstadt. – Am 3. Juli Teilnahme an der Gründungsversammlung eines überregionalen oppositionellen »Preßvereins«; Erstdruck des *Hessischen Landboten* (vgl. Kap. 4). – Am 1. August wird ein Freund Büchners beim Transport von 139 Exemplaren des *Hessischen Landboten* verhaftet; Büchner warnt auf einer geheimen Reise Mitverschworene. – Im September kehrt Büchner nach Vorlesungsschluss nach Darmstadt zurück.

1835 Im Januar erfolgt die Niederschrift von *Dantons Tod*. – Büchner flieht am 6. März über Weißenburg nach Straßburg. – Am 13. Juni wird er in Frankfurter und Darmstädter Zeitungen steckbrieflich gesucht (vgl. Kap. 4). – *Dantons Tod* erscheint am 11. Juli als Buchausgabe.

1836 Am 31. Mai schließt Büchner seine Dissertation »Mémoire sur le système nerveux du barbeau« (»Über das Nervensystem

Abb. 1: Georg Büchner im Polenrock (mit Haarlocken des Abgebildeten)

der Barbe«) ab. – Im Sommer Beginn der Arbeiten an *Leonce und Lena* und *Woyzeck* sowie Ausarbeitung einer Vorlesung über die Geschichte der deutschen Philosophie. – Am 3. September erfolgt die Promotion durch die Philosophische Fakultät der Universität Zürich zum »Doktor der Philosophie«. – Im Oktober Übersiedlung von Straßburg nach

Zürich. – Am 5. November hält Büchner seine öffentliche Probevorlesung »Über Schädelnerven«; Ernennung zum Privatdozenten für Vergleichende Anatomie an der Universität Zürich.

1837 Im Januar infiziert sich Büchner mit Typhus; bettlägerig ab dem 2. Februar. – Am 19. Februar stirbt Büchner in seiner Wohnung in Zürich.

Voraussetzung für die politische Agitation im Deutschland der Vormärzzeit und so auch für die revolutionäre Flugschrift *Der Hessische Landbote* ist die Juli-Revolution in Frankreich. Der reaktionäre Bourbonenkönig Frankreichs Karl X. (1757–1836) versuchte, die aristokratischen Privilegien zu festigen und zu erweitern (vgl. S. 15/45,1) – doch das Volk ging auf die Barrikaden und zwang ihn zur Abdankung. Allerdings gelang es in der Folge dem bessergestellten Bürgertum, dem liberalen Herzog von Orléans Louis Philippe (1773–1850), einem Verwandten Karls X., zum Thron zu verhelfen. Dieser »Bürgerkönig« kümmerte sich nicht um die unteren Gesellschaftsschichten – die Folge war die Entstehung einer weitverzweigten Opposition, zu der auch Georg Büchner als Student in Straßburg Zugang fand.

Abb. 2: Ein Adliger lässt sich von einem Bauern das Pflügen zeigen, Bleistiftzeichnung um 1835

In Deutschland wurde das revolutionäre Potential erstmals beim Hambacher Fest im Mai 1832 sichtbar: Mehrere Tausend Demokraten und Republikaner aus allen Schichten demonstrierten gegen das veraltete System und für Rechte, Freiheiten und einen deutschen Nationalstaat. Die Obrigkeit reagierte mit Verhaftungen und Unterdrückung. Dagegen wiederum richtete sich ein Putschversuch, der sogenannte »Frankfurter Wachensturm« vom 3. April 1833, der allerdings blutig niedergeschlagen wurde.

Abb. 3: Der Frankfurter Wachensturm, Holzschnitt um 1833

In seinem Brief an die zweifellos besorgte Familie vom 6. April 1833 zieht Büchner persönliche Schlüsse aus den Ereignissen.

»Heute erhielt ich Euren Brief mit den Erzählungen aus Frankfurt. Meine Meinung ist die: Wenn in unserer Zeit etwas helfen soll, so ist es Gewalt. Wir wissen, was wir von unseren Fürsten zu erwarten haben. Alles, was sie bewilligen, wurde ihnen durch die Notwendigkeit abgezwungen. Und selbst das Bewilligte wurde uns hingeworfen, wie eine erbettelte Gnade und ein elendes Kinderspielzeug, um dem ewigen Maulaffen Volk seine zu eng geschnürte Wickelschnur vergessen zu machen. Es ist eine blecherne Flinte und ein hölzerner Säbel, womit nur ein Deutscher die Abgeschmacktheit begehen konnte, Soldatchens zu spielen. Unsere Landstände sind eine Satire auf die gesunde Vernunft, wir können noch ein Säkulum damit herumziehen, und wenn wir die Resultate dann zusammennehmen, so hat das Volk die schönen Reden seiner Vertreter noch immer teurer bezahlt, als der römische Kaiser, der seinem Hofpoeten für zwei gebrochene Verse 20 000 Gulden geben ließ. Man wirft den jungen Leuten den Gebrauch der Gewalt vor. Sind wir denn aber nicht in einem ewigen Gewaltzustand? Weil wir in Kerker geboren und großgezogen sind, merken wir nicht mehr, dass wir im Loch stecken mit angeschmiedeten Händen und Füßen und einem Knebel im Munde. Was nennt Ihr denn gesetzlichen Zustand? Ein Gesetz, das die große Masse der Staatsbürger zum fronenden[1] Vieh macht, um die unnatürlichen Bedürfnisse einer unbedeutenden und verdorbenen Minderzahl zu befriedigen? Und dies Gesetz, unterstützt durch eine rohe Militärgewalt und durch die dumme Pfiffigkeit seiner Agenten, dies Gesetz ist eine ewige, rohe Gewalt, angetan dem Recht und der gesunden Vernunft, und ich werde mit Mund und Hand dagegen kämpfen, wo ich kann.«

Georg Büchner: Sämtliche Werke und Briefe. Hrsg. von Ariane Martin. Stuttgart: Reclam, 2012. S. 295 f.

Büchners Waffe im revolutionären Kampf ist das Wort. Doch um dieses in Gestalt einer Flugschrift unter den erschwerten Bedingungen der Unterdrückung und Zensur an die Öffentlichkeit zu bringen, bedurfte es eines verlässlichen Netzwerkes an Gesinnungsgenossen. Nach seiner Rückkehr an die Universität Gießen initiierte Büchner die Gründung einer »Gesellschaft der Menschenrechte« nach französischem Vorbild und lernte die wichtigste Figur der oberhessischen Oppositionsbewegung kennen: den Pfarrer und Rektor der Lateinschule in Butzbach Friedrich Ludwig Weidig (1791–1837).

Die konspirativen Entstehungsbedingungen des *Hessischen Landboten* sind dafür verantwortlich, dass man heute an vielen Stellen nur vermuten kann, ob diese von Büchner oder von Weidig stammen. Die Vorlage Georg Büchners war sicher wesentlich radikaler als die von Weidig überarbeitete Version. Der später verhaftete Mit-

1 Zwangsarbeit leistenden

Abb. 4: Friedrich Ludwig Weidig (1791–1837), Lithographie, um 1840

verschwörer August Becker berichtete den Behörden wenige Jahre nach den Ereignissen vom Entstehungsprozess:

Verhör vom 1. September 1837

»[…] Den Landboten betreffend, so sei es mir erlaubt, den Verfasser desselben, Georg Büchner, in seinen eigenen Worten, deren ich mich noch ziemlich genau erinnere, hier für mich reden zu lassen; dies kann zugleich dazu dienen, wenigstens eine Seite von Büchner's Charakter kennen zu lernen. – Die Versuche, welche man bis jetzt gemacht hat, um die Verhältnisse Deutschlands umzustoßen, sagte er, beruhen auf einer durchaus knabenhaften Berechnung, indem man, wenn es wirklich zu einem Kampf, auf den man sich doch gefasst machen musste, gekommen wäre, den deutschen Regierungen und ihren zahlreichen Armeen nichts hätte entgegenstellen können, als eine Handvoll undisziplinierte Liberale. Soll jemals die Revolution auf eine durchgreifende Art ausgeführt werden, so kann und darf das bloß durch die große Masse des Volkes geschehen, durch deren Überzahl und Gewicht die Soldaten gleichsam erdrückt werden müssen. Es handelt sich also darum, diese große Masse zu gewinnen, was vor der Hand nur durch Flugschriften geschehen kann.

Die früheren Flugschriften, welche zu diesem Zweck etwa erschienen sind, entsprachen demselben nicht; es war darin die Rede vom Wiener Kongress, Pressfreiheit[2], Bundestagsordonnanzen[3] u[nd] d[er]gl[eichen], lauter Dinge, um welche sich die Bauern (denn an diese, meinte Büchner, müsse man sich vorzüglich wenden) nicht kümmern, solange sie noch mit ihrer materiellen Not beschäftigt sind; denn diese Leute haben aus sehr naheliegenden Ursachen durchaus keinen Sinn für die Ehre und Freiheit ihrer Nation, keinen Begriff von den Rechten des Menschen u.s.w., sie sind gegen all' das gleichgültig und in dieser Gleichgültigkeit allein beruht ihre angebliche Treue gegen die Fürsten und ihre Teilnahmlosigkeit an dem liberalen Treiben der Zeit; gleichwohl scheinen sie unzufrieden zu sein und sie haben Ursache dazu, weil man den dürftigen Gewinn, welchen sie aus ihrer saueren Arbeit ziehen, und der ihnen zur Verbesserung ihrer Lage so notwendig wäre, als Steuer von ihnen in Anspruch nimmt. So ist es gekommen, dass man bei aller parteiischen Vorliebe für sie doch sagen muss, dass sie eine ziemlich niederträchtige Gesinnung angenommen haben; und dass sie, es ist traurig genug, fast an keiner Seite mehr zugänglich sind, als gerade am Geldsack. Dies muss man benutzen, wenn man sie aus ihrer Erniedrigung hervorziehen will; man muss ihnen zeigen und vorrechnen, dass sie einem Staate angehören, dessen Lasten sie größtenteils tragen müssen, während andere den Vorteil davon beziehen; – dass man von ihrem Grundeigentum, das ihnen ohnedem so sauer wird, noch den größten Teil der Steuern erhebt, – während die Kapitalisten leer ausgehen; dass die Gesetze, welche über ihr Leben und Eigentum verfügen, in den Händen des Adels, der Reichen und der Staatsdiener sich befinden u.s.w., dieses Mittel, die Masse des Volkes zu gewinnen, muss man, fuhr Büchner fort, benutzen,

2 Pressefreiheit

3 Anordnungen der Bundesversammlungen in Frankfurt a.M.

solange es noch Zeit ist. Sollte es den Fürsten einfallen, den materiellen Zustand des Volkes zu verbessern, sollten sie ihren Hofstaat, der ihnen fast ohnedem unbequem sein muss, sollten sie die kostspieligen stehenden Heere, die ihnen unter Umständen entbehrlich sein können, vermindern, sollten sie den künstlichen Organismus der Staatsmaschine, deren Unterhaltung so große Summen kostet, auf einfachere Prinzipien zurückführen, dann ist die Sache der Revolution, wenn sich der Himmel nicht erbarmt, in Deutschland auf immer verlore. Seht die Östreicher, sie sind wohlgenährt und zufrieden! Fürst Metternich[4], der geschickteste unter allen, hat allen revolutionären Geist, der jemals unter ihnen aufkommen könnte, für immer in ihrem eigenen Fett erstickt. So sind die eigenen Worte des Büchner gewesen.

Die Tendenz der Flugschrift lässt sich hiernach vielleicht dahin aussprechen: sie hatte den Zweck, die materiellen Interessen des Volks mit denen der Revolution zu vereinigen, als dem einzigen möglichen Weg, die letztere zu bewerkstelligen. – Solche Mittel, die Revolution herbeizuführen, hielt Büchner für ebenso erlaubt und ehrbar, als alle anderen. Wenigstens sagte er oft, der materielle Druck, unter welchem ein großer Teil Deutschlands liege, sei ebenso traurig und schimpflich, als der geistige; und es sei in seinen Augen bei weitem nicht so betrübt, dass dieser oder jener Liberale seine Gedanken nicht drucken lassen dürfe, als dass viele tausend Familien nicht im Stand wären, ihre Kartoffeln zu schmelzen u.s.w.

Ob ich mich hier gleich meistens der Worte Büchner's bedient habe, so dürfte es doch schwer sein, sich einen Begriff von der Lebhaftigkeit, mit welcher er seine Meinungen vortrug, zu machen. […]

Um noch einmal auf die Flugschrift Büchner's zurückzukommen, so kann ich nicht angeben, ob sie den beabsichtigten Zweck erreicht habe; so viel weiß ich, dass, wie mir Weidig gesagt hat, Professor Jordan[5] sich missbilligend über dieselbe ausgesprochen; auch Dr. Hundeshagen[6] soll sie, wie ich von Weyprecht[7] erfahren, heftig getadelt haben etc.

4 Klemens Wenzel Lothar von Metternich (1773–1859), Außenminister Österreichs

5 Sylvester Jordan (1792–1861), liberaler Professor für Staatsrecht in Marburg

6 Carl Bernhard Hundeshagen (1810–1872), Privatdozent für Theologie in Gießen

7 Wilhelm Weyprecht (1809–1835), Medizinstudent in Gießen

In dem oben angegebenen Sinn schrieb Büchner die Flugschrift, welche von Weidig Landbote genannt worden ist etc. Noch muss ich erwähnen, dass Büchner während meiner Abwesenheit einmal bei Weidig gewesen sein muss, um bei demselben eine Statistik vom Großherzogthum, die er bei seiner Arbeit benutzt hat, zu entlehnen; ich weiß wenigstens nicht, wie er sonst dazu gekommen sein soll, denn diese Statistik habe ich Weidig später überschickt. Auch wusste Weidig schon vorher von der Absicht Büchner's, etwas zu schreiben. Diese Schrift wurde durch Clemm[8] und mich an Weidig überbracht. Er machte zum Teil dieselben Einwendungen, die er mir gegen dieselbe gemacht hatte und sagte, dass bei solchen Grundsätzen kein ehrlicher Mann mehr bei uns aushalten werde. (Er meinte damit die Liberalen.) Ich erinnere mich dieser Einzelheiten noch sehr genau; überhaupt war Weidig in Allem der Gegensatz zu Büchner; er (Weidig) hatte den Grundsatz, dass man auch den kleinsten revolutionären Funken sammeln müsse, wenn es dereinst brennen solle; er war unter den Republikanern republikanisch und unter den Konstitutionellen konstitutionell. – Büchner war sehr unzufrieden mit dieser Bemerkung Weidig's und sagte, es sei keine Kunst, ein ehrlicher Mann zu sein, wenn man täglich Suppe, Gemüse und Fleisch zu essen habe. Indessen konnte Weidig der Flugschrift einen gewissen Grad von Beifall nicht versagen und meinte, sie müsse vortreffliche Dienste tun, wenn sie verändert werde. Dies zu tun, behielt er sie zurück und gab ihr die Gestalt, in welcher sie später im Druck erschienen ist. Sie unterscheidet sich von dem Originale namentlich dadurch, dass an die Stelle der Reichen, die Vornehmen gesetzt sind und dass das, was gegen die s[ogenannte] liberale Partei gesagt war, weggelassen und mit anderem, was sich bloß auf die Wirksamkeit der konstitutionellen Verfassung bezieht, ersetzt worden ist, wodurch denn der Charakter der Schrift noch gehässiger geworden ist. Das ursprüngliche Manuskript hätte man allenfalls als eine schwärmerische, mit Beispielen belegte Predigt gegen den Mammon, wo er sich auch finde, betrachten können, nicht so das letzte. Die biblischen Stellen so wie überhaupt der Schluss, sind von Weidig. Als Clemm und ich diese Schrift zu Weidig brachten, befand sich dessen Frau krank zu Friedberg. Es mag anfangs Juni 1834 gewesen sein,

8 Christian Gustav Clemm (1814–1866), Student in Gießen

als Schütz[9] und Büchner nach Offenbach reisten, um die erwähnte Schrift in Druck zu geben. Ungefähr einen Monat später gingen Schütz und Minnigerode[10] an denselben Ort, um sie abzuholen. Wer sie gedruckt und wo diese Leute bei dieser Gelegenheit logiert, kann ich nicht angeben. Carl Zeuner[11] hat damals einen Pack von der Flugschrift nach Butzbach gebracht. Ich war gerade in seinem Haus, als er zurückkehrte und ich brachte sie in der Tasche in die Wohnung des Weidig etc.

Vorgelegt wird die Flugschrift, betitelt: ›Der Hessische Landbote. Erste Botschaft. Mit Vorbericht.‹ – Becker erklärte darüber:

Das Manuskript dieser Flugschrift habe ich bei Büchner in's Reine geschrieben, weil seine eigene Hand durchaus unleserlich war. Es ist nachher in die Hände Weidig's gekommen, wie eben gesagt, aus welchen, soviel ich weiß, es Schütz und Büchner empfangen haben, um es in die Druckerei nach Offenbach zu tragen. Ich habe indessen nur das ursprüngliche Manuskript, wie es Büchner geliefert hat, abgeschrieben. Ich kann auch hier noch anführen, dass der Vorbericht ebenfalls von Weidig verfasst worden ist. Büchner war über die Veränderungen, welche Weidig mit der Schrift vorgenommen hatte, außerordentlich aufgebracht, er wollte sie nicht mehr als die seinige anerkennen und sagte, dass er ihm gerade das, worauf er das meiste Gewicht gelegt habe und wodurch alles andere gleichsam legitimiert werde, durchgestrichen habe etc.«

In: Friedrich Noellner: Actenmäßige Darlegung des wegen Hochverraths eingeleiteten gerichtlichen Verfahrens gegen Pfarrer D. Friedrich Ludwig Weidig […]. Darmstadt 1844. S. 420–426.

Im Juli 1834 wurde der *Hessische Landbote* gedruckt und heimlich verteilt.

9 Friedrich Jacob Schütz (1813–1877), Jurastudent in Gießen
10 Karl Minnigerode (1814–1894), Student in Gießen
11 Carl Zeuner (1812–1883), Spritzenmacher, Schüler Weidigs in Butzbach

Der Hessische Landbote.

Erste Botschaft.

Darmstadt, im Juli 1834.

Vorbericht.

Dieses Blatt soll dem hessischen Lande die Wahrheit melden, aber wer die Wahrheit sagt, wird gehenkt, ja sogar der, welcher die Wahrheit liest, wird durch meineidige Richter vielleicht ge[illegible]aft. Darum haben die, welchen dies Blatt zukommt, folgendes zu beobachten:

1) Sie müssen das Blatt sorg[illegible]ltig außerhalb ihres Hauses vor der Polizei verwahren;

2) sie dürfen es nur an treue Freunde mittheilen;

3) denen, welchen sie nicht trauen, wie sich selbst, dürfen sie es nur heimlich hinlegen;

4) würde das Blatt dennoch bei Einem gefunden, der es gelesen hat, so muß er gestehen, daß er es eben dem Kreisrath habe bringen wollen;

5) wer das Blatt nicht gelesen hat, wenn man es bei ihm findet, der ist natürlich ohne Schuld.

Friede den Hütten! Krieg den Pallästen!

Im Jahr 1834 siehet es aus, als würde die Bibel Lügen gestraft. Es sieht aus, als hätte Gott die Bauern und Handwerker am 5ten Tage, und die Fürsten und Vornehmen am 6ten gemacht, und als hätte der Herr zu diesen gesagt: Herrschet über alles Gethier, das auf Erden kriecht, und hätte die Bauern und Bürger zum Gewürm gezählt. Das Leben der Vornehmen ist ein langer Sonntag, sie wohnen in schönen Häusern, sie tragen zierliche Kleider, sie haben feiste Gesichter und reden eine eigne Sprache; das Volk aber liegt vor ihnen wie Dünger auf dem Acker. Der Bauer geht hinter dem Pflug, der Vornehme aber geht hinter ihm und dem Pflug und treibt ihm mit den Ochsen am Pflug, er nimmt das Korn und läßt ihm die Stoppeln. Das Leben des Bauern ist ein langer Werktag; Fremde verzehren seine Aecker vor seinen Augen, sein Leib ist eine Schwiele, sein Schweiß ist das Salz auf dem Tische des Vornehmen.

Im Großherzogthum Hessen sind 718,373 Einwohner, die geben an den Staat jährlich an 6,363,364 Gulden, als

1) Direkte Steuern	2,128,131	fl.
2) Indirecte Steuern	2,478,264	„
3) Domänen	1,547,394	„
4) Regalien	46,938	„
5) Geldstrafen	98,511	„
6) Verschiedene Quellen	64,198	„
	6,363,363	fl.

Dies Geld ist der Blutzehnte, der von dem Leib des Volkes genommen wird. An 700,000 Menschen schwitzen, stöhnen und hungern dafür. Im Namen des Staates wird es erpreßt, die Presser berufen sich auf die Regierung und die Regierung sagt, das sey nöthig die Ordnung im Staat zu erhalten. Was ist denn nun das für gewaltiges Ding: der Staat? Wohnt eine Anzahl Menschen in einem Land und es sind Verordnungen oder Gesetze vorhanden, nach denen jeder sich richten muß, so sagt man, sie bilden einen Staat. Der Staat also sind Alle; die Ordner im Staate sind die Gesetze, durch welche das Wohl Aller gesichert wird, und die aus dem Wohl Aller hervorgehen sollen. — Seht nun, was man in dem Großherzogthum aus dem Staat gemacht hat; seht was es heißt: die Ordnung im Staate erhalten!

Abb. 5: Der Hessische Landbote, erste Seite der Juli-Fassung

Obwohl einige der Beteiligten rasch verhaftet wurden und mehrere Hausdurchsuchungen – u.a. auch in Büchners Wohnung – stattfanden, kam es im November 1834 zu einer zweiten Auflage des *Hessischen Landboten*. Nur noch wenige Monate setzte Büchner in Hessen seine Studien fort, bevor er im März 1835 vor einer drohenden Verhaftung nach Straßburg floh. Ab Juni 1835 wurde er steckbrieflich gesucht.

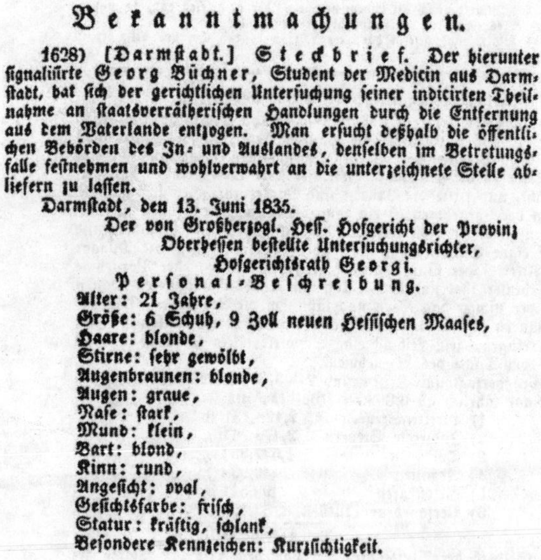

Bekanntmachungen.

1628) [Darmstadt.] Steckbrief. Der hierunter signalisirte Georg Büchner, Student der Medicin aus Darmstadt, hat sich der gerichtlichen Untersuchung seiner indicirten Theilnahme an staatsverrätherischen Handlungen durch die Entfernung aus dem Vaterlande entzogen. Man ersucht deßhalb die öffentlichen Behörden des In- und Auslandes, denselben im Betretungsfalle festnehmen und wohlverwahrt an die unterzeichnete Stelle abliefern zu lassen.

Darmstadt, den 13. Juni 1835.

Der von Großherzogl. Hess. Hofgericht der Provinz Oberhessen bestellte Untersuchungsrichter,
Hofgerichtsrath Georgi.

Personal-Beschreibung.

Alter: 21 Jahre,
Größe: 6 Schuh, 9 Zoll neuen Hessischen Maases,
Haare: blonde,
Stirne: sehr gewölbt,
Augenbraunen: blonde,
Augen: graue,
Nase: stark,
Mund: klein,
Bart: blond,
Kinn: rund,
Angesicht: oval,
Gesichtsfarbe: frisch,
Statur: kräftig, schlank,
Besondere Kennzeichen: Kurzsichtigkeit.

Abb. 6: Steckbrief aus der *Großherzoglich Hessischen Zeitung* vom 18. Juni 1835

Die Hauptquellen für die Argumentation des *Hessischen Landboten* sind einerseits statistische Zahlen, andererseits Anspielungen auf die Bibel (vgl. Anm. zu 5/35,22–6/36,1). Darüber hinaus sind in den Text noch zahlreiche weitere Anregungen eingeflossen.

5.1 Das Vorbild Frankreich

Für die hessische Oppositionsbewegung war namentlich die Erklärung der Menschenrechte durch Robespierre aus dem Jahre 1793 Vorbild. Aus einer zeitgenössischen deutschen Übersetzung.

»Art. 1. Der Zweck jeder politischen Verbindung ist: die Wahrung der natürlichen und unverjährbaren Rechte des Menschen, sowie die Entwicklung aller seiner Fähigkeiten.

2. Die wichtigsten Rechte des Menschen sind die, für die Erhaltung seiner Existenz und seiner Freiheit zu sorgen.

3. Diese Rechte gehören auf gleiche Weise allen Menschen an, wie groß auch die Verschiedenheit ihrer physischen und moralischen Kräfte sein mag.

Die Gleichheit der Rechte ist von der Natur eingesetzt; die Gesellschaft, weit entfernt ihr Eintrag zu tun, wahrt sie bloß gegen den Missbrauch der Gewalt, welcher sie illusorisch macht.

4. Die Freiheit ist die jedem Menschen zukommende Macht, nach seinem Belieben alle seine Fähigkeiten auszuüben; sie hat die Gerechtigkeit zur Richtschnur, die Rechte anderer zu Schranken, die Natur zur Grundlage und das Gesetz zur Schutzwehr.

5. Das Recht sich friedlich zu versammeln, das Recht seine Meinungen, sei es auf dem Wege der Presse, sei es auf irgendeine andere Art, kundzugeben, sind so notwendige Folgen des Prinzips der Freiheit des Menschen, dass die Notwendigkeit sie auszusprechen entweder das Dasein des Despotismus oder die frische Erinnerung an denselben voraussetzt.

6. Das Eigentum ist das Recht, das jeder Bürger hat, nach seinem Belieben den ihm vom Gesetze verbürgten Anteil an Gütern zu genießen und darüber zu verfügen.

7. Das Eigentumsrecht wird wie alle andern begrenzt durch die Verpflichtung, die Rechte anderer in Ehren zu halten.

8. Es kann weder der Sicherheit, noch der Freiheit, noch der Existenz, noch dem Eigentum von unsersgleichen Eintrag tun.

9. Jeder Handel, der dieses Prinzip verletzt, ist seinem Wesen nach unerlaubt und unsittlich.

10. Die Gesellschaft ist verpflichtet, für das Auskommen aller ihrer Mitglieder zu sorgen, sei es nun, dass sie ihnen Arbeit verschafft, oder dass sie denjenigen, die außer Stands sind zu arbeiten, Existenzmittel sichert.

11. Die unumgänglichen Unterstützungen für denjenigen, dem es am Notwendigen mangelt, sind eine Schuld dessen, der etwas Überflüssiges besitzt. Es kommt dem Gesetze zu, die Art zu bestimmen, wie diese Schuld abgetragen werden soll.

12. Die Bürger, deren Einkünfte das zu ihrem Unterhalt Notwendige nicht überschreiten, sind nicht verpflichtet, zu den öffentlichen Ausgaben beizutragen; die anderen müssen dieselben in gesteigertem Verhältnis, je nach dem Betrag ihrs Vermögens, auf sich nehmen.

13. Die Gesellschaft muss mit ihrer ganzen Macht die Fortschritte der öffentlichen Vernunft begünstigen und den Unterricht allen Bürgern erreichbar machen.

14. Das Volk ist der Souverän; die Regierung ist sein Werk und sein Eigentum; die öffentlichen Beamten sind seine angestellten Diener.

Das Volk kann, wenn es ihm gefällt, seine Regierung ändern und seine Bevollmächtigten absetzen.

[…]

38. Die Aristokraten, die Tyrannen, wer sie auch sein mögen, sind Sklaven, welche sich gegen den Souverän der Erde, genannt Menschengeschlecht, und gegen den Gesetzgeber der Welt, genannt Natur, empört haben.«

In: Louis Blanc: Geschichte der zehn Jahre 1830 bis 1840. Vierter Theil, enthaltend: Die Aufstände in Lyon und Paris. – Aprilprozeß. – Fieschi's Attentat und die Septembergesetze. – Zunahme der gouvernementalen Bedeutung des Königs. Übers. von Gottlob Fink. Zürich/Winterthur: Literarisches Comptoir 1844. S. 73–76.

Für die revolutionäre Situation in Deutschland kam zu den politischen und sozialen Problemen noch das Fehlen eines einheitlichen Nationalstaats erschwerend hinzu. Das Großherzogtum Hessen (vgl. Abb. 7) war einer von 38 selbständigen Staaten, es grenzte seinerseits an zehn weitere deutsche Territorien.

5.3 Louis-Auguste Blanqui (1805–1881)

Eine zentrale Anregung für Georg Büchner war die Verteidigungsrede des französischen Sozialrevolutionärs Blanqui, die als Flugblatt in Straßburg zu Büchners Studienzeit im Jahre 1832 auch in deutscher Übersetzung veröffentlicht wurde.

Louis-Auguste Blanqui
Verteidigungsrede vor dem Schwurgericht des Departements Seine im ›Prozess der Fünfzehn‹ (12. Januar 1832)

»Geschworne! man klagt mich an, vor dreißig Millionen Franzosen (*Proletaires*[12] gleich mir) gesagt zu haben, sie hätten das Recht zu leben. Wenn dies nun ein Verbrechen ist, so wäre es auf jeden Fall billig, mich nicht vor Männer zu laden, die Partei und Richter in derselben Sache sind. […] Ich stehe also nicht vor Richtern, sondern vor Feinden; unnütz wäre es demnach, mich verteidigen zu wollen. Auch bin ich entschlossen und gefasst auf jedes Urteil das mich treffen könnte, indem ich jedoch mich feierlich und kräftig gegen diese Stellvertretung des Rechts durch Gewalt auflehne, und mit voller Zuversicht von der Zukunft hoffe, sie werde die Macht dem Rechte verleihen. […] Unsere Rolle ist zum Voraus bestimmt, die Rolle des Anklägers ist die einzige, die dem Unterdrückten zukommt. –

[…] Glaubet nicht, wir kämen hieher, uns wegen der Vergehen zu rechtfertigen, die man uns aufbürdet!! – Das sei ferne. Wir sind viel-

12 Dieses Wort lässt sich seines eigentümlichen Sinnes wegen, nicht ins Deutsche übersetzen. Wir haben kein gleichbedeutendes Wort. ›Proletarius‹ (lat.) eigentlich Fortpflanzer des Geschlechts, führt im Französischen noch den Nebenbegriff der Mittellosigkeit oder Armut [Anm. d. Übers.].

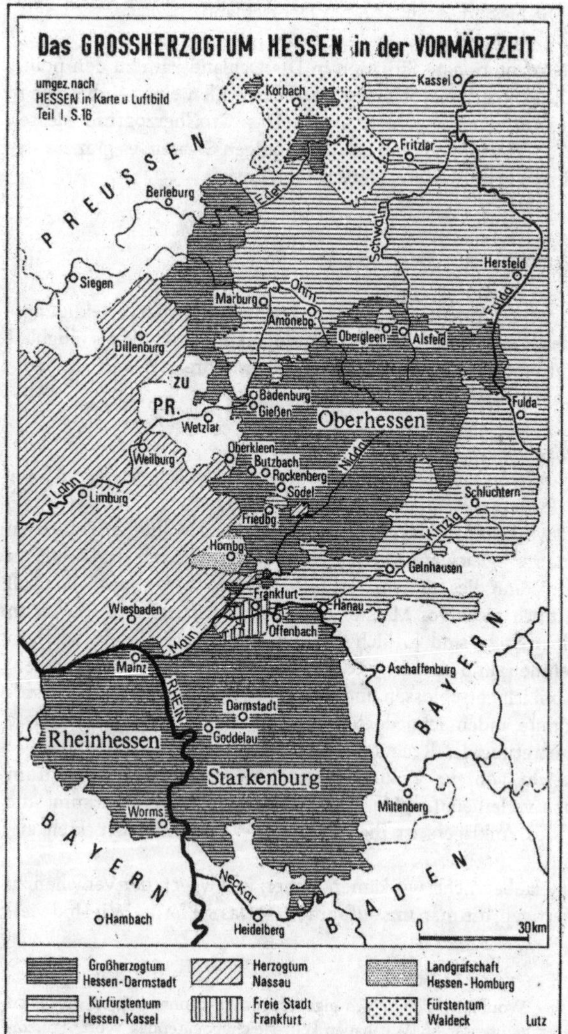

Abb. 7: Karte des Großherzogtums Hessen

mehr stolz auf die Anklage, und dieser Sitz der Verbrecher ist heute ein Ehrenplatz nach dem wir alle geizen sollen und von dem aus wir unsere Anklage gegen die Elenden schleudern, welche Frankreich zu Grunde gerichtet und entehrt haben […].

Das Gericht hat eurer Einbildung […] eine Empörung der Sklaven vorgespiegelt, um euren Hass durch Furcht anzuregen. »Ihr seht, sagte es, dies ist der Krieg der Armen gegen die Reichen.« »Jeder der etwas besitzt, ist beteiligt diese Eingriffe zurückzuweisen; wir führen euch eure Feinde vor, zernichtet sie, bevor sie furchtbarer werden.«

Ja, meine Herren! Dies ist der Krieg zwischen Arm' und Reich'; so wollten es die Reichen, denn sie haben den ersten Angriff getan. – Sie finden nur übel, dass die Armen Widerstand leisten […].

Unaufhörlich klagt man die *Proletairs* als Raubgesindel an, das bereit sei, sich über die Besitztümer herzumachen. – Und warum? weil sie sich beklagen unter der Last von Auflagen und Abgaben, zu Nutz und Gunst der Privilegierten, erdrückt zu werden.

Die Privilegierten hingegen, die sich vom Schweiße der Armut mästen, diese sind legitime Besitzer, denen ein gieriger Pöbel mit Raub und Plünderung droht. –

Es ist nicht das erste Mal, dass sich Henker in die Maske der Schlachtopfer verstecken. – Wer sind denn diese Räuber die solchen Fluches, solcher Qualen würdig wären? Dreißig Millionen Franzosen, die dem Fiskus anderthalb Milliarden und beinahe ebenso viel den Privilegierten zahlen. – Die Eigentümer aber, welche die ganze Gesellschaft mit ihrer Macht schützen soll, dies sind 2 oder 300 000 Müßige, welche ganz behaglich die Milliarden verzehren, die jene Räuber ihnen entrichten. […]

Die gegenwärtige Regierung beruht in der Tat auf keiner andern Grundlage, als auf dieser ungerechten Austeilung der Ämter, Würden und Besoldungen. So stellte die Restauration von 1814 uns dieselbe her, mit dem Gutachten der Fremden, um eine geringe Minorität mit der Beute der Nation zu bereichern. Hunderttausend Bürger bilden dabei was man, mit bitterer Ironie, das demokratische Element nannte! […]

Schreckliche Maschine, welche von 25 Millionen Bauern und 5 Millionen Handwerkern einen um den andern zermalmt, um ihr reinstes Blut abzuzapfen und in die Adern der Privilegierten umzugießen.

[…]

Wir fordern, dass die 33 Millionen Franzosen diejenige Form ihrer Regierung auswählen, die ihnen zusteht, und durch allgemeine Abstimmung die Vertreter wähle, welche mit der Gesetzgebung beauftragt würden. Nach Vollziehung dieser Reform werden alle Auflagen welche den Armen zu Gunsten des Reichen berauben, schleunigst abgeschafft und durch andere auf entgegengesetzten Grundlagen beruhende ersetzt werden. – Anstatt von dem arbeitsamen *Proletair* zu nehmen um es den Reichen zu geben, wird die Auflage den Überfluss des Müßigen treffen, um ihn unter jene Masse armer Bürger auszuteilen, die der Mangel an Mittel zum Gewerbe, zur Untätigkeit zwingt. Sie wird den nichterzeugenden Verzehrer treffen, um die Quellen der Produktion zu befruchten; mehr und mehr die Tilgung der öffentlichen Schulden erleichtern, diese eiternde Wunde des Landes verharschen[13], das schädliche Gerüste von Börse-Einrichtungen durch ein System von Nationalbank ersetzen, worin die Tätigkeit Elemente des Wohlstandes finden wird. – Dann, und nur dann werden die Auflagen eine Wohltat sein. Dies, meine Herren, verstehen wir unter Republik, dies und nichts anderes! […]

Alles ging unter im Jahr 1815, und dieser Sieg des Auslandes dauerte 15 Jahre. Was war denn der Kampf im Juli, wenn nicht eine Rache an jener langen Niederlage und das wieder befestigte Band unserer Nationalität? Und da jede Revolution ein Fortschritt ist, sollte dann uns diese nicht den völligen Genuss der Güter zusichern, die wir bisher nur teilweise erhielten? Sollte sie uns nicht alles wieder geben, was wir durch die Restauration verloren? – Freiheit, Wohlstand, äußere Würde! dies war die Aufschrift der Volkesfahne im Jahr 30. Die Doktrinärs[14] lasen darauf: Aufrechthaltung aller Privilegien! Charte von 1814! Quasi-Legitimität! demzufolge gaben sie dem Volke: Knechtschaft und Elend, Schande und Schmach.«

[Louis-Auguste Blanqui:] Prozeß der Volksfreunde zu Paris. Ein Vorbild des Ernstes und der Kraft. Straßburg [1832].

13 verkrusten

14 Vertreter einer liberalen, gemäßigt monarchistischen politischen Position, die das Bürgerkönigtums Louis-Philippes stützte

An vielen Stellen des *Hessischen Landboten* scheint das triadische Geschichtsbild auf, wie es für Weidig charakteristisch war. Die Konzeption eines goldenen Zeitalters als Ausgangssituation, einer zerrissenen Gegenwart und einer harmonischen Zukunft hat eine lange Tradition in der Geistesgeschichte des Abendlandes seit der Antike. Auch der theologisch versierte Aufklärer Gotthold Ephraim Lessing veröffentlichte in seiner *Erziehung des Menschengeschlechts* 1780 eine solche Vorstellung:

»Du hast in der Kindheit des Menschengeschlechts an der Lehre von der Einheit Gottes gesehen, dass Gott auch bloße Vernunftswahrheiten unmittelbar offenbaret; oder verstattet und einleitet, dass bloße Vernunftswahrheiten als unmittelbar geoffenbarte Wahrheiten eine Zeit lang gelehret werden: um sie geschwinder zu verbreiten, und sie fester zu gründen. […]

Sie waren gleichsam das Fazit, welches der Rechenmeister seinen Schülern voraus sagt, damit sie sich im Rechnen einigermaßen darnach richten können. […]

Oder soll das menschliche Geschlecht auf diese höchste Stufen der Aufklärung und Reinigkeit nie kommen? Nie? […]

Nein; sie wird kommen, sie wird gewiss kommen, die Zeit der Vollendung, da der Mensch, je überzeugter sein Verstand einer immer bessern Zukunft sich fühlet, von dieser Zukunft gleichwohl Bewegungsgründe zu seinen Handlungen zu erborgen, nicht nötig haben wird; da er das Gute tun wird, weil es das Gute ist, nicht weil willkürliche Belohnungen darauf gesetzt sind, die seinen flatterhaften Blick ehedem bloß heften und stärken sollten, die innern bessern Belohnungen desselben zu erkennen. […]

Vielleicht war ihr *dreifaches Alter der Welt* [das religiöse Schwärmer als gegeben behaupteten] keine so leere Grille […]. Nur dass sie ihn [den Plan der allgemeinen Erziehung des Menschengeschlechts] übereilten; nur dass sie ihre Zeitgenossen, die noch kaum der Kindheit entwachsen waren, ohne Aufklärung, ohne Vorbereitung, mit Eins zu Männern machen zu können glaubten, die ihres *dritten Zeitalters* würdig wären.«

Gotthold Ephraim Lessing: Die Erziehung des Menschengeschlechts. Berlin: Christian Friedrich Voß und Sohn, 1780. S. 64–83. §§ 70–89.

6. Auswirkungen

Die Behörden nahmen den *Hessischen Landboten* ernst. Das Hessische Innen- und Justizministerium stufte die Flugschrift bereits am 2. August 1834 als »höchst revolutionär[]« ein. Unmittelbare politische Folgen zeitigte das Phamphlet jedoch nicht. Allerdings waren die persönlichen Folgen für manche Beteiligte tragisch. Weidig nahm sich in der Haft unter grauenhaften Umständen das Leben.

Büchner gelang dagegen die Flucht ins Ausland. In seinem kurzen Leben machte er keine Versuche mehr, direkt in die Politik einzugreifen. Doch finden sich in allen literarischen Werken Büchners Spuren dessen, was im *Hessischen Landboten* bereits angelegt war: Das literarische Verfahren der Montagetechnik, ein ausgeprägtes Gefühl für soziale Gerechtigkeit und ein ungeschminkter Blick auf die Realität. Das Schaffen Büchners weist mit diesen Merkmalen über seine Zeit hinaus weit in die Moderne.

Ab den sechziger Jahren des 20. Jahrhunderts wurde Georg Büchner und insbesondere der *Hessische Landbote* breit rezipiert – in beiden deutschen Staaten meist unter den theoretischen Vorzeichen des Marxismus, gleichwohl unterschiedlich akzentuiert.

1964 gab Hans Magnus Enzensberger (geb. 1929) den *Hessischen Landboten* kommentiert heraus und stellte einen globalisierten Aktualitätsbezug zum Iran und anderen Staaten der Dritten Welt her:

»Was 1834 Winkelpolitik war, ist zur Weltpolitik geworden. Was der Gießener Student und der Butzbacher Landpfarrer schrieb, geht heute eine Milliarde Menschen an. Was 1964 am *Landboten* gilt, gilt nicht für Hessen, es gilt für den Nahen Osten, den indischen Subkontinent und Südostasien, für große Teile Afrikas und für viele Länder des lateinischen Amerika. […]

Das Verhältnis zwischen armen und reichen Völkern ist das einzige revolutionäre Element in der Welt. Nur mit Gewalt kann dieses Verhältnis aufrechterhalten, nur mit Gewalt kann ihm abgeholfen werden. Solange es sich mit jedem Tage zuspitzt, wissen die armen Völker, was sie von uns zu erwarten haben. Alles was wir ihnen bewilligen, wird uns durch die Notwendigkeit abgezwungen, und selbst das Bewilligte werfen wir ihnen hin wie eine erbettelte Gnade […]. Im übrigen haben wir unsere Paläste unter Denkmalschutz gestellt und uns ein neues Motto verschrieben: Frieden den Eigen-

Abb. 8: Titel der Ausgabe des *Hessischen Landboten* von 1919, gestaltet durch den Expressionisten Kurt Pinthus. – Aus: Georg Büchner: Friede den Hütten. Krieg den Palästen. Hrsg. und eingel. von Kurt Pinthus. Berlin: Rowohlt, 1919.

heimen am Rhein und am Hudson! Krieg den Hütten am Congo und am Mekong! […]«

Aus: Georg Büchner / Ludwig Weidig. Der Hessische Landbote. Texte, Briefe, Prozeßakten. Komm. von Hans Magnus Enzensberger. Frankfurt a. M: Insel, 1965. S. 164–168. –

Kurz vor dem Untergang der DDR erklärte der renommierte Büchner-Forscher Henri Poschmann (geb. 1932), der *Hessische Landbote* sei nur »in der abgeschwächten Bearbeitung Weidigs« bekannt. Die von Büchner angestrebte soziale Umwälzung habe sich gegen »die feudalaristokratischen wie gegen die neuen bürgerlich-kapitalistischen ›Presser‹ des Volkes« gerichtet. Doch Weidig, darauf bedacht, »die liberalen Oppositionellen nicht zurückzustoßen«, habe der Schrift »die antikapitalistische Spitze« genommen [Poschmann 1988, S. 26].

Noch in unserer Zeit wird das politische Engagement Büchners, wie es am klarsten im *Hessischen Landboten* zum Ausdruck kommt, durchaus unterschiedlich beurteilt. Dies belegen zwei Zitate aus Biografien, die zum 200. Geburtstag des Dichters, Wissenschaftlers und Revolutionärs erschienen:

»Büchner leidet geradezu an der Unhaltbarkeit der gesellschaftlichen Zustände. Es fällt ihm nicht ein, die Meinung der irrenden Mehrheit zu teilen, die sich mit der Misere abfindet, darüber hinwegsieht oder in ihrer Wahrnehmung die Realität durch eine Illusion ersetzt. Er spürt Verantwortung und entwirft Pläne, die sich nicht nur auf sein eigenes Leben und sein berufliches Fortkommen beziehen, sondern auf das Gemeinwohl zielen. Diese verfolgt er mit Intensität und Hartnäckigkeit: Gegenüber der Sache, der er sich verschworen hat, ist er zu großen Leidenschaften und Gemütsbewegungen fähig. […]

Fernziel [der »Gesellschaft der Menschenrechte«] ist die Gründung einer sozialen und demokratischen Republik in Deutschland, die auf den Idealen Volkssouveränität, soziale Gleichheit und gerechte Güterverteilung fußt.«

Jan-Christoph Hauschild: Georg Büchner. Verschwörung für die Gleichheit. Hamburg: Hoffmann und Campe 2013, S. 27f. – © 2013 by Hoffmann und Campe Verlag, Hamburg.

»Der Wohlhabende, der sich für die Armen einsetzt, ist nicht Materialist, sondern Idealist. Er handelt ja gegen die eigenen materiellen Interessen. Er ist, ethisch gesehen, kein Marxist, sondern Kantianer. Oder er ist einfach ein Christ. Es ist traurig, aber wahr: Die Hungerrevolten müssen die Hungrigen machen. Den satten Anstiftern fehlt die vitale Grundlage. Ihre Unzufriedenheit ist lediglich intellektueller Natur. Die Revolution ist für sie immer nur eine Sache des Kopfes, nicht des Bauches. [...]

Büchner gehört insofern nicht zu irgendeinem linksradikalen Frühsozialismus, sondern zur bürgerlichen Opposition der Jahre vor der 1848er Revolution.«

Hermann Kurzke: Georg Büchner. Geschichte eines Genies. München: C. H. Beck, 2013. S. 25 f. –

7. Literaturhinweise

Ausgaben des *Hessischen Landboten*

Georg Büchner / Friedrich Ludwig Weidig: Der Hessische Landbote. Studienausgabe. Hrsg. von Gerhard Schaub. Stuttgart: Reclam, 1996.

Georg Büchner: Der Hessische Landbote. In: Georg Büchner: Schriften, Briefe, Dokumente. Hrsg. von Henri Poschmann. Frankfurt: Deutscher Klassiker Verlag 1999. S. 35–66 und 804–871.

Georg Büchner: Der Hessische Landbote. Marburger Ausgabe. Bd. 2. Hrsg. von Burghard Dedner. Darmstadt: WBG, 2013.

Arnd Beise: Einführung in das Werk Georg Büchners. Darmstadt: WBG 2010.

Roland Borgards und Harald Neumeyer (Hrsg.): Büchner-Handbuch. Leben – Werk – Wirkung. Stuttgart und Weimar: Metzler 2009.

Jan-Christoph Hauschild: Georg Büchner. Verschwörung für die Gleichheit. Hamburg: Hoffmann und Campe 2013.

Hermann Kurzke: Georg Büchner. Geschichte eines Genies. München: C.H. Beck 2013.

Ariane Martin: Georg Büchner. Stuttgart: Reclam 2007 [RUB 17670].

Hans Mayer: Georg Büchner und seine Zeit. Frankfurt a.M.: Suhrkamp 1972 u.ö. [st 58].

Christian Neuhuber: Georg Büchner. Das literarische Werk. Berlin: Erich Schmidt 2009.

Inhalt